N《エヌ》700S《エス》のぞみ
ブルートレーラーフォーム
N700S NOZOMI
BLUETRAILERFORM
Evolution
Railway
Development
Agency
ERDA
H5《エイチファイブ》はやぶさ
ドーザーフォーム
H5 HAYABUSA
DOZERFORM
新幹線変形ロボ
シンカリオン
SHINKALION
CHANGE THE WORLD
チェンジ ザ ワールド

ERDA SHINKALION File.04

シンカリオン N《エヌ》700S《エス》のぞみ

SHINKALION N700S NOZOMI

新幹線《しんかんせん》 N《エヌ》700S《エス》 のぞみをベースに開発《かいはつ》されたシンカリオン。運転士《うんてんし》は愛《あい》知県在住《ちけんざいじゅう》の魚虎《うおとら》テンで、天才的《てんさいてき》な運転《うんてん》を行《おこな》う。必《ひっ》殺技《さつわざ》はリクソウブレード

運転士《うんてんし》

魚虎《うおとら》テン
TEN UOTORA

出身地《しゅっしんち》：愛知県《あいちけん》
誕生日《たんじょうび》：8月《がつ》22日《にち》

新幹線《しんかんせん》N《エヌ》700S《エス》 のぞみ

SERIES N700S NOZOMI

シンカリオン N《エヌ》700S《エス》のぞみに変形《へんけい》する

エルダブルートレーラー

ERDA BLUETRAILER

新幹線《しんかんせん》の陸送《りくそう》に使《つか》われる車両《しゃりょう》。N《エヌ》700S《エス》のぞみと合体《がったい》し、ブルートレーラーフォームとなる

SHINKALION File.01

ファントムシンカリオン
PHANTOM SHINKALION

敵対勢力《てきたいせいりょく》が所有《しょゆう》しているシンカリオン。圧倒的《あっとうてき》なパワーを持《も》ち、アンノウンを大量《たいりょう》に呼《よ》び寄《よ》せたり、キャプチャーウォールを破壊《はかい》したりする

運転士《うんてんし》

????
??? ?????

出身地《しゅっしんち》：???
誕生日《たんじょうび》：???

黒《くろ》い新幹線《しんかんせん》〔ファントム〕
PHANTOM

出現《しゅつげん》した場所《ばしょ》の近辺《きんぺん》でアンノウンが発生《はっせい》している。ファントムシンカリオンに変形《へんけい》する

ERDA SHINKALION File.05

シンカリオン H5《エイチファイブ》はやぶさ
SHINKALION H5 HAYABUSA

新幹線《しんかんせん》 H5《エイチご》系《けい》はやぶさをベースに開発《かいはつ》されたシンカリオン。運転士《うんてんし》は、武《ぶ》道全般《どうぜんぱん》を得意《とくい》とする五稜《ごりょう》郭《かく》シオン。必殺技《ひっさつわざ》は、ドーザーハイドアーム

運転士《うんてんし》

五稜郭《ごりょうかく》シオン
SHION GORYOKAKU

出身地《しゅっしんち》：北海道《ほっかいどう》
誕生日《たんじょうび》：7月《がつ》30日《にち》

新幹線《しんかんせん》 H5《エイチご》系《けい》はやぶさ
SERIES H5 HAYABUSA

シンカリオン H5《エイチファイブ》はやぶさに変形《へんけい》する

エルダドーザー
ERDADOZER

除雪車《じょせつしゃ》をベースに開発《かいはつ》された特殊車《とくしゅしゃ》両《りょう》。H5《エイチファイブ》はやぶさと合体《がったい》しドーザーフォームとなる

シンカリオン
チェンジ ザ ワールド

ノベライズ②
対決！　黒い新幹線!!

プロジェクト シンカリオン・原作／監修
番棚 葵・著

集英社みらい文庫

大成《おおなり》タイセイ
シンカリオン E5《イーファイブ》
はやぶさの運転士《うんてんし》。
行方不明《ゆくえふめい》になって
いる姉《あね》を捜《さが》している
ビーナ
イナが開発《かいはつ》した、タイセイ
専用《せんよう》のナビゲーションAI《エーアイ》。
ノリが良《よ》くておせっかい
九頭竜《くずりゅう》リョータ
シンカリオン E7《イーセブン》
かがやきの運転士《うんてんし》。
面倒見《めんどうみ》がよく、ひと
なつっこい性格《せいかく》
フォールデン アカネ
シンカリオン E6《イーシックス》
こまちの運転士《うんてんし》。
冷静《れいせい》に周《まわ》りを見《み》て
分析《ぶんせき》する元陸上選手《もとりくじょうせんしゅ》

キャラクター紹介《しょうかい》

大成《おおなり》イナ

タイセイに「カッコイイ人《ひと》になりなさい」とよく伝《つた》えていた姉《あね》。天《てん》才《さい》システムエンジニア

五稜郭《ごりょうかく》シオン

シンカリオン H5《エイチファイブ》はやぶさの運転士《うんてんし》。おっとりしているが武術全般《ぶじゅつぜんぱん》が得意《とくい》

魚虎《うおとら》テン

シンカリオン N《エヌ》700S《エス》のぞみの運転士《うんてんし》。腕《うで》は確《たし》かだが周囲《しゅうい》の反応《はんのう》を気《き》にしてしまう

青梅《おうめ》マイ

リョータの幼《おさな》なじみ。システムエンジニアを目指《めざ》しており、イナを尊敬《そんけい》している

キャラクター紹介《しょうかい》

浜《はま》カイジ

ERDA《エルダ》東日本本部《ひがしにほんほんぶ》の本部長《ほんぶちょう》。大《おお》ごとにならないよう、アンノウンを早《はや》く撃退《げきたい》したいと考《かんが》える

高輪《たかなわ》カドミチ

ERDA《エルダ》東日本本部《ひがしにほんほんぶ》大宮指令室《おおみやしれいしつ》の室長《しつちょう》。タイセイたちシンカリオン運転士《うんてんし》のよき理解者《りかいしゃ》

岩見沢《いわみざわ》ソラチ

ERDA《エルダ》東日本本部《ひがしにほんほんぶ》大宮指令室《おおみやしれいしつ》の指令員《しれいいん》。周囲《しゅうい》の状況《じょうきょう》やステータス面《めん》でのサポートがメイン

落合《おちあい》ミヨシ

ERDA《エルダ》東日本本部《ひがしにほんほんぶ》大宮指令室《おおみやしれいしつ》の指令員《しれいいん》。ビークルやキャプチャーウォール操作《そうさ》などを担当《たんとう》

津川《つがわ》アガノ

ERDA《エルダ》東日本本部《ひがしにほんほんぶ》大宮指令室《おおみやしれいしつ》の研究員《けんきゅういん》でシステムエンジニア。カドミチの後輩《こうはい》でイナと同期《どうき》

もくじ

7話《わ》　天才運転士《てんさいうんてんし》　6
8話《わ》　友達《ともだち》のカタチ　32
9話《わ》　彼《かれ》の正体《しょうたい》　54
10話《わ》　本当《ほんとう》の自分《じぶん》　78
11話《わ》　姉《あね》の幻影《げんえい》　100
12話《わ》　再会《さいかい》　134
13話《わ》　カッコイイ人《ひと》　163

7話《わ》 天才運転士《てんさいうんてんし》

「いつでもいけるぜ！」

「遅《おそ》くなりました！」

タイセイとリョータが叫《さけ》び、アカネがうなずいた。

ERDA《エルダ》の指令室《しれいしつ》、そのモニターには巨大《きょだい》な怪物《かいぶつ》が映《うつ》っている。

アンノウン――人類《じんるい》を脅《おびや》かす、謎《なぞ》の存在《そんざい》だ。

だが。タイセイが「ああっ！」と驚《おどろ》きの声《こえ》をあげる。

モニターの中《なか》に、白《しろ》い影《かげ》が映《うつ》りこんだかと思《おも》うと、手《て》にした剣《けん》でアンノウンを叩《たた》き潰《つぶ》したのだ。

ここで状況《じょうきょう》を見守《みまも》っていた高輪《たかなわ》は、やっとタイセイたちに気《き》づいた。

「お前《まえ》たちか。見《み》ての通《とお》り、アンノウンはたった今撃破《いまげきは》された。応《おう》援《えん》の必要《ひつよう》はないと、東海本部《とうかいほんぶ》から通信《つうしん》だ」

その言葉《ことば》に応《おう》じるように、モニターの向《む》こうの白《しろ》い影《かげ》——巨大《きょだい》ロボットのシンカリオンが、こちらを向《む》く。アカネがつぶやいた。

「あれは、僕《ぼく》たちの知《し》らないシンカリオン……」

「俺《おれ》はE7《イーセブン》運転士《うんてんし》、九頭竜《くずりゅう》リョータ。そっちは誰《だれ》が乗《の》ってるんだ?」

リョータの呼《よ》びかけに、モニターに少年《しょうねん》——意外《いがい》と幼《おさな》い——の顔《かお》が映《うつ》り、やがておずおずと名乗《なの》りだした。

「あ、あの……ぼ、僕《ぼく》は……シンカリオン　N《エヌ》700S《エス》のぞみ運転士《うんてんし》……魚虎《うおとら》、テンです」


大成《おおなり》タイセイがシンカリオンに乗《の》って、謎《なぞ》の巨大怪物《きょだいかいぶつ》——アンノウンと戦《たたか》うようになってから、少《すこ》しばかりの日《ひ》にちが過《す》ぎた。

今《いま》は彼《かれ》だけではなく、二人《ふたり》のクラスメートも一緒《いっしょ》に戦《たたか》っている。

明《あか》るく少《すこ》しふざけてはいるが、他人《たにん》に気遣《きづか》いのできる九頭竜《くずりゅう》リョータ。

ややシニカルだが、運動能力《うんどうのうりょく》も基礎教養《きそきょうよう》も高《たか》いフォールデンアカネ。

二人《ふたり》ともシンカリオンの運転士《うんてんし》として、自分《じぶん》を受《う》け入《い》れてくれ、ともに歩《あゆ》むことを選《えら》んでくれたのだ。

(本当《ほんとう》に良《よ》かった。僕《ぼく》に、二人《ふたり》みたいな——親友《しんゆう》がいてくれて)

しかし、そのタイセイもまさか自分《じぶん》たちがそろって、名古屋《なごや》まで遠出《とおで》する日《ひ》が来《く》るとは思《おも》っていなかった。


「おおお……！」

タイセイは感動《かんどう》の声《こえ》を上《あ》げながら、目《め》の前《まえ》の弁当《べんとう》を見《み》つめた。

紙《かみ》の箱《はこ》に、カツとじ、カツサンド、牛肉《ぎゅうにく》の煮物《にもの》といったおかずが並《なら》んでいる。

隣《となり》に座《すわ》った、くせっ毛《け》の少年《しょうねん》——リョータも興味深《きょうみぶか》そうに、のぞき込《こ》んできた。

「何《なん》だ、その駅弁《えきべん》。すっげーうまそうだな！」

「でしょ、数量限定《すうりょうげんてい》だから早《はや》く来《き》て買《か》ってきたんだ」

「駅弁《えきべん》を買《か》うために、わざわざ？　本当《ほんとう》に好《す》きなんだね」

さらに口《くち》をはさんできたのは、リョータの向《む》こう側《がわ》に座《すわ》る金髪《きんぱつ》の少年《しょうねん》、アカネだ。整《ととの》った顔《かお》に微笑《びしょう》を浮《う》かべている。

タイセイは彼《かれ》に対《たい》して「うん」と笑《わら》ってみせると、カツとじを一口《ひとくち》ほおばった。

それをリョータがうらやましそうに見《み》たあと、すました顔《かお》で通路《つうろ》越しの席《せき》に声《こえ》をかける。

「じゃあ俺《おれ》は車内販売《しゃないはんばい》で何《なに》か買《か》ってもらうということで。カッちゃん頼《たの》んだ！」

「さっき駅《えき》でそばをおごってやっただろ。それに車内販売《しゃないはんばい》はもうなくなったぞ」

「えええ、まだ腹一杯《はらいっぱい》になってないのに！」

高輪《たかなわ》カドミチのそっけない言葉《ことば》に、リョータは口《くち》を尖《とが》らせた。

そう、ここは新幹線《しんかんせん》の車内《しゃない》だった。タイセイ、リョータ、アカネ、それに彼《かれ》らの担任《たんにん》にしてシンカリオンを所有《しょゆう》するＥＲＤＡ《エルダ》の室長《しつちょう》・高輪《たかなわ》カドミチは、一路名古屋《いちろなごや》へと向《む》かっていたのである。

それというのも。

「リョータとアカネと旅行《りょこう》できるなんて、本当《ほんとう》に嬉《うれ》しい——あ、見《み》て！　大井車両基地《おおいしゃりょうきち》に分岐《ぶんき》する高架《こうか》だ！　あの先《さき》にあるのは東海道新幹線《とうかいどうしんかんせん》の大井車両基地《おおいしゃりょうきち》で新旧《しんきゅう》のＮ《エヌ》７００系《けい》やドクターイエローが整備《せいび》や発車待《はっしゃま》ちのために待機《たいき》してる新幹線《しんかんせん》ファンの聖地《せいち》みたいな場所《ばしょ》なんだよ！」

鉄道大好《てつどうだいす》きなタイセイがはしゃいだ声《こえ》で言《い》っていると、彼《かれ》のスマホに女《おんな》の子型《こがた》のナビ、ビーナの姿《すがた》が現《あらわ》れた。あきれたような目《め》を向《む》けてくる。

「うるさい、タイセイ！　あんたの話《はなし》のレパートリーそれしかないの？　大体《だいたい》、今回《こんかい》はおててつないで仲良《なかよ》く遊《あそ》びに行《い》くわけじゃないでしょ！」

「あ、それはその……」

「確《たし》かに。これは運転士《うんてんし》としての任務《にんむ》だからね」

「だな」

アカネとリョータも同意《どうい》し、タイセイは苦笑《くしょう》を浮《う》かべた。

二人《ふたり》の、そしてビーナの言《い》う通《とお》り、この旅《たび》は決《けっ》して観光旅行《かんこうりょこう》などではない。

シンカリオンの運転士《うんてんし》として、ある人物《じんぶつ》に会《あ》うのが目的《もくてき》なのだ。

「魚虎《うおとら》テンくん、だっけ……どんな人《ひと》なんだろう」

「話《はなし》によると、俺《おれ》たちより一《ひと》つ下《した》らしいけどな」

「問題《もんだい》は年齢《ねんれい》じゃないさ、彼《かれ》の実力《じつりょく》だ」

三人《にん》が表情《ひょうじょう》をひきしめるのにも意味《いみ》がある。

数日前《すうじつまえ》、アンノウンが出現《しゅつげん》したという情報《じょうほう》を受《う》け、タイセイ、リョータ、アカネはERDA《エルダ》の指令室《しれいしつ》へと駆《か》け込《こ》んだ。

そこで映《うつ》し出《だ》されていたのは、そのアンノウンを瞬殺《しゅんさつ》するシンカリオン——新型《しんがた》のN《エヌ》700S《エス》のぞみ——の姿《すがた》だったのである。

たった一体《いったい》での鮮《あざ》やかな戦《たたか》い方《かた》に、タイセイたちは言葉《ことば》も忘《わす》れてモニターを見《み》つめた。

そこに映《うつ》る少年《しょうねん》は、自分《じぶん》が運転士《うんてんし》の魚虎《うおとら》テンであると名乗《なの》った。

「魚虎《うおとら》テンは東海本部《とうかいほんぶ》に所属《しょぞく》する運転士《うんてんし》だ。アンノウンがERDA《エルダ》東海本部《とうかいほんぶ》のあるリニア・鉄道館《てつどうかん》付近《ふきん》に出現《しゅつげん》した際《さい》、ちょうどシンカリオンN《エヌ》700S《エス》のぞみに搭乗試験中《とうじょうしけんちゅう》だった彼《かれ》が東海本部《とうかいほんぶ》の判断《はんだん》で緊急出撃《きんきゅうしゅつげき》。そして単独《たんどく》で撃破《げきは》してしまった」

通路《つうろ》の向《む》こうから、高輪《たかなわ》が声《こえ》をかけてくる。

「緊急出撃《きんきゅうしゅつげき》が許可《きょか》されたのは、魚虎《うおとら》テンのN《エヌ》700S《エス》に対《たい》する適性値《てきせいち》が今《いま》までの誰《だれ》よりも高《たか》かったからだ。ERDA《エルダ》内《ない》では天才運転士《てんさいうんてんし》現《あらわ》ると話題《わだい》になっている」

「天才運転士《てんさいうんてんし》ね。その天才様《てんさいさま》の顔《かお》を拝《おが》むために、俺《おれ》たちゃ名古屋《なごや》もうでってわけだ」

リョータが肩《かた》をすくめて言《い》った。

ERDA《エルダ》は魚虎《うおとら》テンの実力《じつりょく》を改《あらた》めて認《みと》め、タイセイたち三人《にん》と直接顔合《ちょくせつかおあ》わせした方《ほう》がいいと判断《はんだん》したのである。今回《こんかい》の新幹線旅行《しんかんせんりょこう》にはそういう経緯《けいい》があったのだ。

「しかもシンカリオン同士《どうし》の模擬戦《もぎせん》つきで。わざわざ現地《げんち》でやらなくても、メタバースでやればいいと思《おも》うけどね」

「つーか、向《む》こうから来《く》るべきだよなー」

アカネとリョータがぼやいていると、高輪《たかなわ》が眉《まゆ》をよせてとがめた。

「おいおい文句《もんく》言《い》うな。名古屋《なごや》に出向《でむ》くのは、お前《まえ》たち運転士《うんてんし》が一緒《いっしょ》に行動《こうどう》して、親睦《しんぼく》を深《ふか》めるためでもあるんだぞ。それにメタバースで便利《べんり》な時代《じだい》だからこそ、直接顔《ちょくせつかお》を合《あ》わせて話《はな》すのは大事《だいじ》なんだ」

「カッちゃん古《ふる》くせぇ、にゃははは！」

リョータがはやしたてて、高輪《たかなわ》が「なんだと」と叫《さけ》んだ。それだけでどこか和《なご》やかな空《くう》気《き》が流《なが》れる。旅行《りょこう》としては悪《わる》くない雰囲気《ふんいき》だ。

しかし——と、アカネがタイセイの方《ほう》を見《み》て首《くび》をかしげる。

「タイセイ、どうかしたのかな？　あんなに楽《たの》しそうだったのに、急《きゅう》に黙《だま》り込《こ》んで」

「え？　ううん、別《べつ》に何《なん》でもないよ」

笑《わら》って手《て》を振《ふ》るタイセイだったが、その胸《むね》の片隅《かたすみ》にはある疑問《ぎもん》が渦巻《うずま》いていた。

それは、つまり。

（名古屋《なごや》のリニア・鉄道館《てつどうかん》——これも、姉《ねえ》ちゃんと一緒《いっしょ》に行《い》ったことのある施設《しせつ》だ。アンノウンがまた、僕《ぼく》と姉《ねえ》ちゃんの思《おも》い出《で》の場所《ばしょ》に……？）


ERDA《エルダ》東海本部《とうかいほんぶ》の名古屋指令室《なごやしれいしつ》は、リニア・鉄道館《てつどうかん》の下《した》にある。

その室内《しつない》にて。

「な、名古屋進開学園中等部《なごやしんかいがくえんちゅうとうぶ》1年《ねん》……魚虎《うおとら》テンです。今日《きょう》は遠《とお》くから来《き》て頂《いただ》き……その、あ、ありがとうございます！」

目《め》の前《まえ》で小《ちい》さな頭《あたま》がぺこりと下《さ》げられ、タイセイたちは目《め》を丸《まる》くした。

前《まえ》にモニター越《ご》しに挨拶《あいさつ》した時《とき》は大人《おとな》しい少年《しょうねん》だと思《おも》ったが、今回《こんかい》はそれに礼儀正《れいぎただ》しさがミックスされている。

「えっ、こいつが天才運転士《てんさいうんてんし》？」

「どんな人《ひと》かと思《おも》ったら。意外《いがい》と腰《こし》が低《ひく》いね」

リョータとアカネは、どこか驚《おどろ》いたような声《こえ》を上《あ》げた。

この指令室《しれいしつ》をまとめる金城室長《きんじょうしっちょう》――高輪《たかなわ》の大学《だいがく》の先輩《せんぱい》らしい――に案内《あんない》されて紹介《しょうかい》された天才運転士《てんさいうんてんし》は、想像《そうぞう》に反《はん》して気弱《きよわ》そうな外見《がいけん》と、おどおどした性格《せいかく》だったのである。

少《すこ》し遅《おく》れてきた彼《かれ》は、そのことを恥《は》じているのか「あの、本当《ほんとう》にすみません」と繰《く》り返《かえ》し、もじもじとしながら何度《なんど》もこちらを見《み》てきた。

と、思《おも》い出《だ》したように、ぶら下《さ》げていた紙袋《かみぶくろ》から箱《はこ》を取《と》り出《だ》してみせる。

「あ、あの、これ、お菓子《かし》です」

「え？　あ、いや、俺《おれ》たちは菓子《かし》折《お》りなんか別《べつ》に」

リョータが戸惑《とまど》っていると、後《うし》ろから高輪《たかなわ》が声《こえ》を上《あ》げた。

「これは『ぴよりん』じゃないか……！　名古屋駅《なごやえき》で行列《ぎょうれつ》しないと買《か》えない激《げき》レアスイーツだぞ！　ふわふわで形《かたち》を崩《くず》さずに持《も》ち帰《かえ》るのは大変《たいへん》なんだ！」

「お詳《くわ》しいですね、先生《せんせい》」

アカネの微笑《びしょう》と指摘《してき》に、実《じつ》はスイーツ巡《めぐ》りが趣味《しゅみ》な高輪《たかなわ》は思《おも》わず顔《かお》を赤《あか》くする。

ともあれ、テンが遅《おそ》くなった理由《りゆう》はこれをわざわざ買《か》いに並《なら》んだからのようだ。今日《きょう》初《はじ》めて会《あ》う、自分《じぶん》たちのために。

リョータは「へぇ」と感心《かんしん》のつぶやきを吐《は》くと、『ぴよりん』をそっと置《お》いてから、急《きゅう》にテンをヘッドロックした。

「お前《まえ》、いい奴《やつ》だな！　なかなかやるじゃん、にゃははは！」

「わ、わわっ？」

「よし、テン。これから俺《おれ》のことはリョータ先輩《せんぱい》と呼《よ》びなさい！」

「は、はい……リョータ先輩《せんぱい》」

困惑《こんわく》しながら答《こた》えるテン。

リョータは「せんぱい……」と味《あじ》わうようにつぶやいていたが、やがて嬉《うれ》しそうにテンの頭《あたま》をなで回《まわ》す。

「よし、よぉし！　先輩《せんぱい》に全部《ぜんぶ》任《まか》せなさい！　何《なん》でも力《ちから》になってやるからな！」

浮《う》かれるリョータの声《こえ》に、アカネとビーナが白《しろ》い目《め》を向《む》けた。

「リョータのやつ、調子《ちょうし》いいな」

「初《はじ》めてできた後輩《こうはい》だし、嬉《うれ》しいんじゃないのー」

「はは、まぁ良《よ》かったんじゃない？　魚虎《うおとら》くんのこと気《き》に入《い》ったみたいだし」

新幹線内《しんかんせんない》でやや損《そこ》ねていた機嫌《きげん》も、もとに戻《もど》ったようだ。

タイセイが安心《あんしん》していると、金城室長《きんじょうしっちょう》が声《こえ》をかけてくる。

「早速《さっそく》だが、これから東日本本部《ひがしにほんほんぶ》・東海本部《とうかいほんぶ》の合同訓練《ごうどうくんれん》を始《はじ》めようと思《おも》う。いいかな？」

「「「はい！」」」

運転士一同《うんてんしいちどう》が声《こえ》をそろえ、合同訓練《ごうどうくんれん》は始《はじ》まった。

合同訓練《ごうどうくんれん》を終《お》えた後《あと》、メタバースから現実世界《げんじつせかい》に戻《もど》ってきたテンは、ゴーグルを外《はず》してからタイセイたちに笑《わら》ってみせた。

「み、皆《みな》さん、すごいです。あんなに高《たか》いスコアを出《だ》すなんて」

「テンもいい筋《すじ》してたぜ。これから俺《おれ》たちがもっと鍛《きた》えてやるよ、にゃはは！」

すっかり先輩風《せんぱいかぜ》が身《み》についたリョータは、にっかり笑《わら》ってみせる。

「それにしても、今日《きょう》は何《なん》か調子良《ちょうしよ》かったよ。戦《たたか》いがすごい楽《らく》だった」

「やっぱあれかな、俺《おれ》たちもアンノウンとの戦《たたか》いでレベルアップしてるってやつ？」

「うん、そうかもしれないね」

タイセイもどこか嬉《うれ》しそうに言《い》った。

二日《ふつか》に分《わ》けて行《おこな》われる予定《よてい》の合同訓練《ごうどうくんれん》。初日《しょにち》の今日《きょう》はシンカリオン同士《どうし》が組《く》んで、二体《たい》の仮想《かそう》アンノウンと戦《たたか》う連係訓練《れんけいくんれん》となった。それぞれの本部《ほんぶ》の合同《ごうどう》が目的《もくてき》なのだから、テンとタイセイたちが一回《いっかい》ずつ組《く》んで戦《たたか》う形《かたち》になる。

これはただ協力《きょうりょく》するだけでなく、どちらがより有効《ゆうこう》な戦《たたか》い方《かた》をしたかスコア表示《ひょうじ》される競争《きょうそう》にもなっている。

そしてリョータとタイセイ、それにアカネも、テンよりもはるかに高《たか》いスコアをたたき出《だ》すことに成功《せいこう》していた。

「アカネもすごかったよな。アンノウンをまとめて撃破《げきは》してしまうなんて。な！」

リョータが上機嫌《じょうきげん》で言《い》う通《とお》り、アカネのE6《イーシックス》こまちトップリフターフォームは、アンノウン二体《たい》をツイストロックバスターで同時《どうじ》に撃破《げきは》してみせた。

しかしそのアカネは特《とく》に喜《よろこ》びを顔《かお》に出《だ》さず、何《なに》か考《かんが》え込《こ》んでいるようだった。

「どうしたの？」

「ん、何《なん》でもないかな」

タイセイの問《と》いに、首《くび》を横《よこ》に振《ふ》ってみせてからテンの方《ほう》を見《み》る。

「リョータの言《い》う通《とお》り、君《きみ》のN《エヌ》700S《エス》のぞみもかなりいい動《うご》きをしていた。ブルートレーラーフォームだっけ？　タイセイのE5《イーファイブ》と装備《そうび》は一緒《いっしょ》だけど、個性《こせい》は出《で》ていたね」

「うん、僕《ぼく》もすごく勉強《べんきょう》になった。一緒《いっしょ》に訓練《くんれん》できてよかったよ。その……これから頑張《がんば》っていこうね！」

「は、はい」

その後《ご》リョータの提案《ていあん》で、一同《いちどう》はトークアプリでグループを作成《さくせい》する。運転士同士《うんてんしどうし》の親睦《しんぼく》を深《ふか》めるという狙《ねら》いは、なかなかに成功《せいこう》をおさめているようだ。

それが終《お》わると高輪《たかなわ》と金城《きんじょう》が姿《すがた》を現《あらわ》し、ねぎらうように言《い》う。

「みんな、お疲《つか》れさま。一日目《にちめ》の合同訓練《ごうどうくんれん》は終《お》わった。二日目《ふつかめ》は各機《かくき》による模擬対戦《もぎたいせん》を行《おこな》う予定《よてい》だから、そのつもりでいてほしい」

「この後《あと》は自由時間《じゆうじかん》だぞ。せっかくだし、名古屋《なごや》の街《まち》でも見学《けんがく》してきたらどうだ？」

その言葉《ことば》に、タイセイが反応《はんのう》する。

「あ、それじゃ、えっと……」

「行《い》きたいところでもあるのかい？」

「あ、わかった。ここの上《うえ》にあるリニア・鉄道館《てつどうかん》だろ？」

「いや、リニア・鉄道館《てつどうかん》なら姉《ねえ》さんと何度《なんど》か来《き》たことあるよ……その、僕《ぼく》が行《い》きたいのはもっと特殊《とくしゅ》なところで」

「いいじゃん、そこ行《い》こうぜ」

決《き》めてから、リョータはテンの腕《うで》を引《ひ》っ張《ぱ》った。

「テン、お前《まえ》も行《い》こうぜ」

「え、えっ？」

「今日《きょう》は運転士《うんてんし》の親睦《しんぼく》を深《ふか》める日《ひ》なんだよ、にゃははは」

そして強引《ごういん》に連《つ》れ出《だ》していく。

「まだ行《い》くって決《き》まったわけじゃないのに」

タイセイは苦笑《くしょう》しながらも、リョータの気遣《きづか》いに感謝《かんしゃ》しつつアカネとともに部屋《へや》を出《で》て行《い》った。


タイセイが一同《いちどう》を連《つ》れてきたのは、名古屋港《なごやこう》の近《ちか》くにある稲荷橋《いなりばし》だった。

そこから見《み》えるのは、まるでキリンが首《くび》を伸《の》ばしたかのように、上《うえ》に跳《は》ね上《あ》がっている大《おお》きな橋《はし》だ。リョータが首《くび》をかしげてから、けげんな声《こえ》を上《あ》げる。

「何《なん》だよあの橋《はし》!? 鉄道全然関係《てつどうぜんぜんかんけい》なさそうじゃね!?」

「名古屋港跳上橋《なごやこうはねあげばし》……日本《にほん》に現存《げんそん》する最古《さいこ》の可動式鉄道橋《かどうしきてつどうきょう》だよ。昔《むかし》は船《ふね》が通《とお》るたびに、邪《じゃ》魔《ま》にならないよう橋《はし》を跳《は》ね上《あ》げていたんだ」

「なんだ、やっぱ鉄道絡《てつどうがら》みだったのか」

言《い》われてみればなるほど、橋《はし》の路面《ろめん》には線路《せんろ》が通《とお》っている。

その線路《せんろ》を懐《なつ》かしそうにタイセイはながめた。

「ここも、姉《ねえ》さんと来《き》たことがあってね。昔《むかし》は貨物路線《かもつろせん》に使《つか》われていて、今《いま》は周《まわ》りの線路《せんろ》はなくなったけど、橋《はし》だけは空《そら》を向《む》いた姿《すがた》で保存《ほぞん》されてるんだ」

ここもタイセイにとっては、姉《あね》——大成《おおなり》イナとの思《おも》い出《で》の地《ち》なのだ。

天才《てんさい》システムエンジニアにして、今《いま》は行方不明《ゆくえふめい》になっている姉《あね》のことを、タイセイは当《とう》然《ぜん》だが忘《わす》れたことがない。

(姉《ねえ》ちゃん、今《いま》どこに……)

心《こころ》の中《なか》でつぶやいていると、ふとアカネが尋《たず》ねてくる。

「あの水色《みずいろ》のやつは何《なん》だい？　可動部《かどうぶ》の上《うえ》にあるやつ。ちょっと変《か》わった構造《こうぞう》だね」

「ええと、あれは」

「……カウンターウェイト」

ふと、テンがぼそりと口《くち》にしたので、タイセイは目《め》を丸《まる》くした。

「あ、あれは可動橋《かどうきょう》の構造上《こうぞうじょう》、重要《じゅうよう》な物《もの》です……橋《はし》を上《あ》げ下《さ》げする時《とき》に釣《つ》り合《あ》いを取《と》るために、橋桁《はしげた》の反対側《はんたいがわ》に載《の》せてある重《おも》り……カウンターウェイトと言《い》って大型《おおがた》クレーンなど

にも……使《つか》われてます」

「すごい詳《くわ》しいんだね！　ひょっとして魚虎《うおとら》くんも、鉄道《てつどう》好《す》きなの？」

自分《じぶん》と同《おな》じ趣味《しゅみ》の仲間《なかま》であることを期待《きたい》したタイセイが、目《め》を輝《かがや》かせてぐいぐいとテンに迫《せま》る。

テンは焦《あせ》りながら、両手《りょうて》を振《ふ》った。

「いえ……あの橋《はし》が好《す》きで……」

「そうなんだ。どうして？」

「そ、それは……ええと……」

言《い》いにくそうに言葉《ことば》をにごし、結局答《けっきょくこた》えられないテンに、タイセイたちは顔《かお》を見合《みあ》わせるのだった。


跳上橋《はねあげばし》を十分《じゅうぶん》にながめたあと、タイセイの発案《はつあん》で今度《こんど》は「リョータやアカネの行《い》きたい場所《ばしょ》」に行《い》くことにした。

二人《ふたり》はネットのガイドを参考《さんこう》に、名古屋駅《なごやえき》へと行《い》くことに決《き》めた。名古屋駅《なごやえき》の地下街《ちかがい》は、発展《はってん》していてなかなかの観光《かんこう》スポットなのだ。

歩《ある》きながらもスマートフォンとにらめっこし、リョータはせっせと情報《じょうほう》を仕入《しい》れた。

「えーと、名古屋《なごや》は喫茶店《きっさてん》のモーニングが豪華《ごうか》で有名《ゆうめい》で、駅《えき》の地下街《ちかがい》に……」

「モーニングの時間《じかん》、とっくに終《お》わってるんじゃないかな？」

「そういやそうだった！」

アカネの指摘《してき》に、ガーンとショックを受《う》けるリョータ。

すると、アカネが得意《とくい》げに指《ゆび》を一本立《いっぽんた》ててみせた。

「ちなみに名古屋《なごや》よりも、岐阜《ぎふ》の方《ほう》が、一世帯辺《いっせたいあた》りの喫茶店支出額《きっさてんししゅつがく》は多《おお》いらしいよ」

「へー、詳《くわ》しいんだね」

「これくらい普通《ふつう》だよ」

「いや、喫茶店支出額《きっさてんししゅつがく》ってなんだよ!?　全然普通《ぜんぜんふつう》じゃねーし！」

「きっさてんししゅつがく」

「？」

「よく噛《か》まずに言《い》えたね」

「うっせーよ！」

二人《ふたり》の漫才《まんざい》をタイセイは苦笑《くしょう》しながらながめ、そしてテンはじっと見《み》つめている。

「魚虎《うおとら》くん、どうしたの？　あ、ひょっとしてうるさかった？　ごめんね」

「い、いえ、そうではないです。ただ……」

テンが口《くち》ごもったその時《とき》。

地下街《ちかがい》の前《まえ》から二人《ふたり》の少年《しょうねん》がやってきた。彼《かれ》らはテンに気《き》づくと、少《すこ》し顔《かお》をしかめて声《こえ》をかけてくる。

「テン……何《なに》してるの？」

「誰《だれ》、その人《ひと》たち？」

どうやら同年代《どうねんだい》の友人《ゆうじん》のように見《み》えた。が、テンの様子《ようす》がおかしい。目《め》をまともに合《あ》わせず伏《ふ》せている。少年《しょうねん》たちも、どこか気《き》まずそうな表情《ひょうじょう》だ。

「同《おな》じ学校《がっこう》の人《ひと》？」

タイセイの問《と》いにうなずくと、少《すこ》ししてからテンは少年《しょうねん》たちへ弱々《よわよわ》しく口《くち》を開《ひら》いた。

「こ、この人《ひと》たちは、その……大宮《おおみや》の友達《ともだち》で……僕《ぼく》に、いつもついてきてくれる、その……子分《こぶん》みたいな、感《かん》じ」

（え……？）

テンの意外《いがい》な言葉《ことば》に、タイセイはその場《ば》で固《かた》まった。

リョータとアカネもあぜんとしている。

友人《ゆうじん》たちはテンの説明《せつめい》に納得《なっとく》がいったのか、「ふぅん」とつぶやいてから、タイセイたちをじろじろと見《み》て言《い》った。

「でも、テンと一緒《いっしょ》だと大変《たいへん》じゃないですか」

「え？」

「そいつ、他人《たにん》のことなんかどうでもいいんで」

トゲのある言葉《ことば》を残《のこ》し、二人《ふたり》はすたすたと去《さ》っていく。

タイセイたちはそれを見送《みおく》ったが、やがてリョータがテンの頭《あたま》を脇《わき》に抱《かか》えた。

「おい、何《なん》なんだテン、今《いま》のは。俺《おれ》たちゃいつからお前《まえ》の子分《こぶん》になったのよ？　なぁ、答《こた》えてくれよ親分《おやぶん》さんよ。なーんて、にゃはは」

ふざけて笑《わら》っているあたり、本気《ほんき》で怒《おこ》ってはいないらしい。

と、表情《ひょうじょう》を引《ひ》き締《し》めて、心配《しんぱい》するようにテンの目《め》を見《み》る。

「なぁ、どうしてあんなウソついた？　何《なに》かあるんなら、先輩《せんぱい》の俺《おれ》が聞《き》いてやるって。友達《ともだち》と喧嘩《けんか》してんなら、仲直《なかなお》りの手伝《てつだ》いをしてもいいんだぞ」

「あ、ありがとうございます。でも、彼《かれ》らは本当《ほんとう》にただのクラスメートで、友人《ゆうじん》なんかじゃなくて……僕《ぼく》はあの二人《ふたり》のことなんか、どうでもいいんです！」

どこかかたくなに叫《さけ》ぶテン。何《なに》かあったと言《い》っているようなものだが、タイセイたちにはその事情《じじょう》がわからない以《い》上《じょう》、何《なに》も言《い》うことはできなかった。

ふと、アカネが両手《りょうて》を肩《かた》の位置《いち》で広《ひろ》げて言《い》う。

「テンの言《い》ってること、僕《ぼく》は分《わ》かる気《き》がするね。馬《うま》が合《あ》わない相手《あいて》と、ムリに付《つ》きあわなくてもいい。友達《ともだち》だって無理《むり》に作《つく》らなくていい。それは彼《かれ》が決《き》めることで、僕《ぼく》たちが押《お》しつけることじゃないだろう？」

その言葉《ことば》に、リョータはむっとした表情《ひょうじょう》を返《かえ》す。

「それは俺《おれ》のことを言《い》ってるのか。俺《おれ》は可愛《かわい》い後輩《こうはい》のためを思《おも》ってだな！」

「それが押《お》しつけだよ」

アカネはさらりと流《なが》すと、テンの方《ほう》に向《む》き直《なお》った。

「それより、一《ひと》ついいかい。僕《ぼく》も気《き》になっていたことがある……さっきの模擬戦《もぎせん》、ずっと引《ひ》っかかってはいたんだ。君《きみ》は全力《ぜんりょく》を出《だ》さず、僕達《ぼくたち》に合《あ》わせていたね？」

その指摘《してき》に「はっ」と顔《かお》を強《こわ》ばらせるテン。

アカネは左右《さゆう》の手《て》で指《ゆび》を一本《いっぽん》ずつ立《た》てると、クロスさせるようにした。

「合同訓練《ごうどうくんれん》で、君《きみ》はわざとアンノウンの攻撃《こうげき》を自分《じぶん》の機体《きたい》に集中《しゅうちゅう》させ、動《うご》きを誘導《ゆうどう》した。僕《ぼく》がツイストロックバスターで二体《たい》とも破壊《はかい》できるように……そうでなければ、あんなに綺麗《きれい》にアンノウンをまとめて撃破《げきは》できないよ」

それに、と彼《かれ》は言葉《ことば》を続《つづ》ける。タイセイとリョータの時《とき》もテンは二人《ふたり》に花《はな》を持《も》たせるためにアシストに徹底《てってい》していたのだと。二人《ふたり》の調子《ちょうし》が良《よ》かったのはそのためだ。

「そんなこと……ありえるのか？」

「初陣《ういじん》の戦《たたか》いぶりを見《み》れば分《わ》かるだろう。彼《かれ》の実力《じつりょく》はあんなものじゃないよ。明日《あした》の模擬《もぎ》対戦《たいせん》も、本気《ほんき》でやれば僕《ぼく》たちでも勝《か》てるかどうか」

そしてアカネは、ふと真顔《まがお》になってテンを見《み》つめる。

「君《きみ》は僕《ぼく》たちに気《き》に入《い》られようと、手《て》を抜《ぬ》いてたようだが、本当《ほんとう》の自分《じぶん》を見《み》せてみなよ。それとも、何《なに》か遠慮《えんりょ》する理由《りゆう》でもあるのかい？」

「それは……」

「おいやめろ、テンにつっかかるな！　だいいち何《なに》を根拠《こんきょ》に、んなこと言《い》ってんだよ！」

リョータが割《わ》って入《はい》って、アカネと険悪《けんあく》な表情《ひょうじょう》でにらみあった。

タイセイがこわごわと口《くち》をはさむ。

「リョータ、アカネ、やめようよ……二人《ふたり》が言《い》い争《あらそ》っても仕方《しかた》ないじゃない」

「なんだよ、タイセイ。俺《おれ》はテンのためにだな！」

「それは分《わ》かってるけど……」

「僕《ぼく》は別《べつ》に、君《きみ》に止《と》められるほど間違《まちが》ったことを言《い》ってるつもりはないね」

「そ、それも分《わ》かるけど……」

逆《ぎゃく》に二人《ふたり》ににらまれて、小《ちい》さくなるタイセイ。

やがて、テンはぎゅっと拳《こぶし》を握《にぎ》りしめると、思《おも》い切《き》ったように口《くち》を開《ひら》いた。

「そ、その、すみません。今日《きょう》は失礼《しつれい》します！」

そして三人《にん》に背《せ》を向《む》けて駆《か》けだしてしまう。

「あ、おい。テン！」

リョータが叫《さけ》ぶが声《こえ》は届《とど》かない。

アカネとタイセイは顔《かお》を見合《みあ》わせると、少《すこ》し気《き》まずそうに息《いき》を吐《は》いた。


翌日《よくじつ》、タイセイたちは再《ふたた》びＥ《エ》Ｒ《ル》Ｄ《ダ》Ａ東海本部《とうかいほんぶ》へと訪《おとず》れた。

合同訓練《ごうどうくんれん》は、もう一日《にち》残《のこ》っている。昨日《きのう》、テンとあのような別《わか》れをしたことを考《かんが》えれば、少《すこ》しばかり気後《きおく》れするのは仕方《しかた》なかった。

だが、その心配《しんぱい》は悪《わる》い意味《いみ》で的外《まとはず》れとなったのである。

「悪《わる》いが、今日《きょう》は合同訓練《ごうどうくんれん》を中止《ちゅうし》するかもしれない」

「えっ、何《なに》かあったんですか、金城室長《きんじょうしつちょう》？」

「……さっき検査《けんさ》の段階《だんかい》で、テンの適性値《てきせいち》が急激《きゅうげき》に下《さ》がっていることが判明《はんめい》した。このままではN《エヌ》７００S《エス》を動《うご》かすことができない」

「えええっ？」

リョータがどこか悲痛《ひつう》な声《こえ》をあげた。適性値《てきせいち》が足《た》りずシンカリオンに乗《の》れなかった彼《かれ》に、それがどれほど辛《つら》いことか身《み》にしみてわかるのだ。

アカネが眉《まゆ》をよせて尋《たず》ねる。

「それで、テンはどこに？」

「それが、よほどショックを受《う》けたのか、どこかに飛《と》び出《だ》してしまって……」

「そんな……」

とんでもないことになってきたと、タイセイは顔《かお》を青《あお》ざめさせた。

8話《わ》 友達《ともだち》のカタチ

テンが出《で》て行《い》ったと聞《き》いた後《あと》、真《ま》っ先《さき》に口《くち》を開《ひら》いたのはアカネだった。

「テン、逃《に》げたのか……」

その責《せ》めているともとれる言葉《ことば》に、リョータが敏感《びんかん》に反応《はんのう》する。

「あのな？　テンはシンカリオンに急《きゅう》に乗《の》れなくなったんだぞ、逃《に》げたくもなるだろ？」

「一生乗《いっしょうの》れないと決《き》まったわけじゃない」

「そりゃ理屈《りくつ》だろ。最初《さいしょ》から適性値《てきせいち》のあったアカネには、シンカリオンに乗《の》れねぇ奴《やつ》の悔《くや》しさってのが分《わ》かんねぇか」

「彼《かれ》は訓練《くんれん》で手《て》を抜《ぬ》いていた。君《きみ》ほどシンカリオンに本気《ほんき》で取《と》り組《く》んでいたようには見《み》えなかったけど？」

昨日《きのう》と同《おな》じく険悪《けんあく》な表情《ひょうじょう》でにらみあうアカネとリョータ。一触即発《いっしょくそくはつ》の状態《じょうたい》だ。たまらなくなったのか、タイセイのスマホからビーナが声《こえ》をあげた。

「ちょっとタイセイ、いいかげん止《と》めなさいよ！」

「あ、うん……二人《ふたり》とも、ちょっと落《お》ち着《つ》いて、けんかはやめようよ。僕《ぼく》たち、シンカリオンの運転士仲間《うんてんしなかま》なんだから」

だが、二人《ふたり》はタイセイの方《ほう》をじろりと見《み》ると、表情《ひょうじょう》を崩《くず》さずに言《い》う。

「君《きみ》はどっちが正《ただ》しいと思《おも》うんだ？」

「タイセイの意見《いけん》を聞《き》かせろよ」

思《おも》わぬ飛《と》び火《ひ》だ。タイセイは慌《あわ》てて考《かんが》えをまとめあげた。

「その、どっちが正《ただ》しいとかより、今《いま》は魚虎《うおとら》くんが心配《しんぱい》だよ……僕《ぼく》は、彼《かれ》を捜《さが》しに行《い》くべきだと思《おも》う」

その言葉《ことば》を正論《せいろん》と思《おも》ったようで、リョータとアカネは目《め》を合《あ》わせて肩《かた》をすくめる。

やがて三人《にん》は指令室《しれいしつ》を出《で》ると、テンを捜《さが》しに手分《てわ》けして近所《きんじょ》を走《はし》り回《まわ》った。

テンはぼんやりと名古屋港《なごやこう》を見《み》つめながら、ため息《いき》を吐《つ》いた。

適性値《てきせいち》が下《さ》がり、シンカリオンに乗《の》れなくなった。動揺《どうよう》して思《おも》わず飛《と》び出《だ》してきてしまったが、実《じつ》のところ何《なに》にショックを受《う》けたのか自分《じぶん》でもわからなかった。

ひょっとしたら、と思《おも》う。

自分《じぶん》は適性値《てきせいち》が下《さ》がったことより、その原因《げんいん》が気《き》がかりなのではないか。

「やっぱり大宮《おおみや》から来《き》た先輩《せんぱい》たち……？　ううん、そうじゃなくて……」

昨日出会《きのうであ》った、二人《ふたり》の友人《ゆうじん》。

彼《かれ》らのことを引《ひ》きずっているのだと、彼《かれ》もようやっと自覚《じかく》した。

（もうあれから、何ヶ月《なんかげつ》も経《た》つんだ……）

テンはゆらゆらと揺《ゆ》れる水面《すいめん》を見《み》つめながら、記憶《きおく》をさかのぼった。

その二人《ふたり》、マサとヒロとはクラスメートであり、学習塾《がくしゅうじゅく》でも一緒《いっしょ》だった。

テンも含《ふく》めて三人《にん》が受《う》けたテストの点数《てんすう》は80点台《てんだい》をマーク。だが、テンは自分《じぶん》たちはもっと点数《てんすう》を取《と》れると思《おも》った。

「僕《ぼく》たちならやれる！　全力《ぜんりょく》でがんばろう！」

その言葉《ことば》に、三人《にん》でうなずく。そして一緒《いっしょ》に自主勉強《じしゅべんきょう》をするようになった。

だが三人《にん》の——具体的《ぐたいてき》にはテンと残《のこ》り二人《ふたり》の点数《てんすう》には、差《さ》が見《み》られるようになった。勉強《べんきょう》に集中《しゅうちゅう》し着実《ちゃくじつ》に点数《てんすう》をのばすテンに対《たい》し、マサとヒロはのび悩《なや》んでいる。

——この時《とき》、テンは気《き》づかなかった。二人《ふたり》が自分《じぶん》に勉強《べんきょう》の助言《じょげん》を求《もと》めていることに。自分《ぶん》の勉強《べんきょう》に集中《しゅうちゅう》して、そこまで気《き》が回《まわ》らなかったのだ。

気《き》がつけば100点《てん》を取《と》れるようになったテンと、まだ80点台《てんだい》を超《こ》えられない二人《ふたり》の成績《せいせき》の差《さ》は決定的《けっていてき》になった。見《み》えない線《せん》が、三人《にん》の間《あいだ》に引《ひ》かれた。

そしてその線《せん》は、グループ課題《かだい》の時《とき》に亀裂《きれつ》を生《う》む原因《げんいん》となる。

産業遺産《さんぎょういさん》を調《しら》べるというその内容《ないよう》で、三人《にん》は名古屋港跳上橋《なごやこうはねあげばし》をテーマにした。「繋《つな》がる線路《せんろ》が無《な》くとも、上《うえ》を目指《めざ》し、天《てん》を向《む》き続《つづ》ける」というパンフレットのコピーが、心《こころ》を引《ひ》きつけた。

だがしばらくしたある日《ひ》、二人《ふたり》はテンの呼《よ》びかけに応《おう》じなくなった。稲荷橋《いなりばし》で待《ま》ちぼうけをくらったテンは、じれて二人《ふたり》にグループ通話《つうわ》をかける。

「現地調査《げんちちょうさ》するって言《い》ったのに、どうして来《こ》ないのさ」

テンの問《と》いに応《おう》じたのは、どこか疲《つか》れたような声《こえ》だった。

『その前《まえ》にさ、テン。俺《おれ》たちが集《あつ》めてきた資料《しりょう》、見《み》てくれたよな？　俺《おれ》たちの担当箇所《たんとうかしょ》、テンも追加《ついか》で調《しら》べてたけど』

「あ、二人《ふたり》の資料《しりょう》が良《よ》かったから、もっと深掘《ふかぼ》りしてみたんだけど……すごくわかりやすくなったでしょ？」

『えっ……』

「これで研究《けんきゅう》も進《すす》むよね。僕《ぼく》らならやれる、全力《ぜんりょく》でがんばろう！」

一瞬《いっしゅん》、沈黙《ちんもく》が流《なが》れる。

『……何《なん》だよ、それ』

『……ついてけないんだよ、お前《まえ》』

電話《でんわ》は急《きゅう》に切《き》られた。もう自分《じぶん》たちに話《はな》しかけるな、と言《い》わんばかりに。

それから三人《にん》はろくに話《はな》すこともせず、気《き》まずいまま今《いま》にいたったのである。

(何《なん》で、二人《ふたり》は怒《おこ》って……僕《ぼく》は何《なに》も間違《まちが》ったことはしていないのに)

回想《かいそう》を終《お》えたテンは、胸中《きょうちゅう》でつぶやくと跳上橋《はねあげばし》を見《み》つめた。

キリンのように首《くび》を高《たか》くもたげる橋《はし》を。

——繋《つな》がる線路《せんろ》が無《な》くとも、上《うえ》を目指《めざ》し、天《てん》を向《む》き続《つづ》ける。

前向《まえむ》きなコピーが頭《あたま》の中《なか》によみがえる。数《すう》ヶ月前《かげつまえ》はとても素晴《すば》らしく感《かん》じたのに、今《いま》は皮肉《ひにく》にしか思《おも》えない。

「僕《ぼく》には……無理《むり》かも」

力《ちから》なくつぶやいた、その時《とき》。

ポケットに入《い》れたスマートフォンが鳴《な》った。

「うん……？」

画面《がめん》を見《み》て、顔《かお》をしかめる。

『大成《おおなり》タイセイ』『Ｒｙｏｔａ《リョータ》』『ＡＫＡＮＥ．Ｆ《アカネ　エフ》』。

着信《ちゃくしん》はすべて大宮《おおみや》の三人《にん》からであり、それは交互《こうご》に響《ひび》いては切《き》れた。

『大丈夫《だいじょうぶ》？』『戻《もど》ってこい』『気《き》にするな』とメッセージも次々《つぎつぎ》に送《おく》られる。

自分《じぶん》を心配《しんぱい》してくれているのだろうか。だが、彼《かれ》らに会《あ》いたい気分《きぶん》じゃない。

「うるさい、しつこい」

暗《くら》い気持《きも》ちで毒《どく》づいたものの、結局電話《けっきょくでんわ》は何度《なんど》もかかってくる。

そのうち、タイセイからこんなメッセージまで届《とど》いた。

『適性値《てきせいち》が戻《もど》るように、一緒《いっしょ》にがんばろう！』

「がんばろうって言《い》われても……あの二人《ふたり》も、こんなふうに思《おも》ってたのかな」

テンはため息《いき》をはくと、仕方《しかた》なくスマートフォンを操作《そうさ》した。


テンにメッセージを送《おく》りながら、タイセイは名古屋港跳上橋《なごやこうはねあげばし》の近《ちか》くを走《はし》っていた。

と、スマートフォンに着信《ちゃくしん》がかかる。『魚虎《うおとら》テン』の表示《ひょうじ》。

「……！　魚虎《うおとら》くん!?」

だが、聞《き》こえたのは意外《いがい》な声《こえ》だった。

『タイセイ？　なんでテンからの電話《でんわ》にお前《まえ》が出《で》るんだよ』

「え、リョータ？」

『なるほど、グループ通話《つうわ》か』

アカネの声《こえ》もした。四人《よにん》で登録《とうろく》したグループ通話《つうわ》に、テンが電話《でんわ》をかけてきたらしい。

少《すこ》ししてから、おずおずとしたテンの声《こえ》が聞《き》こえる。

『あ、あの。誰《だれ》にかけたらいいかわからなくて、全員《ぜんいん》あてにかけました……』

『テン……何《なん》だよ、心配《しんぱい》したんだぜ。どうして急《きゅう》に逃《に》げ出《だ》したんだ？』

しかしテンはリョータの問《と》いに答《こた》えず、こんな告白《こくはく》を返《かえ》した。

『先輩《せんぱい》たちに合《あ》わせる顔《かお》がありません……フォールデン先輩《せんぱい》の言《い》った通《とお》りです。僕《ぼく》は手《て》を抜《ぬ》きました』

テンはスマートフォンをにぎりしめ、とつとつとつぶやいた。

「でも、それで良《い》いと思《おも》ったんです。だって僕《ぼく》は、先輩《せんぱい》たちのような親友《しんゆう》の関係《かんけい》じゃない。全力《ぜんりょく》を出《だ》したって――」

だが、彼《かれ》の言葉《ことば》にアカネが意外《いがい》な言葉《ことば》で応《こた》えた。

『待《ま》て、僕《ぼく》たちは親友《しんゆう》じゃないぞ』

『うぉい!?』

『そんな、はっきり言《い》う!?』

ドライな発言《はつげん》にリョータは驚《おどろ》き、タイセイもショックを受《う》けた声《こえ》を上《あ》げる。

だが、アカネはすました顔《かお》――はわからないから、声《こえ》で答《こた》えた。

『親友《しんゆう》と呼《よ》べるほど、長《なが》い時間《じかん》は過《す》ごしてないだろう？』

『そ、それは……確《たし》かに二人《ふたり》と知《し》り合《あ》ってから、二ヶ月《にかげつ》とたっていないけどさぁ』

タイセイが泣《な》き笑《わら》いのような声《こえ》を上《あ》げたが、テンには別《べつ》のことが気《き》にかかった。

「え、二ヶ月《にかげつ》？　なのに、あんなにぶつかり合《あ》って……」

昨日《きのう》、リョータとアカネが怒鳴《どな》り合《あ》っていたのを思《おも》い出《だ》す。

止《と》めようとして責《せ》められたタイセイも、弱腰《よわごし》ではあったものの、結局引《けっきょくひ》くこと自体《じたい》はしなかった。だが。

「ぶつかり合《あ》って……先輩《せんぱい》たちは、嫌《きら》われるのが怖《こわ》くないんですか？」

『怖《こわ》くなんかないよ』

タイセイの優《やさ》しい声《こえ》が返《かえ》ってくる。

『友達《ともだち》の形《かたち》って色々《いろいろ》ある。遊《あそ》ぶ仲《なか》、趣味《しゅみ》を話《はな》す仲《なか》、部活仲間《ぶかつなかま》。ただ全部《ぜんぶ》に言《い》えるのは……お互《たが》いを大事《だいじ》に思《おも》いあっている事《こと》なんじゃないかな』

リョータとアカネも、それにうなずいたようだった。

『そーそー、俺《おれ》たちは、シンカリオンに乗《の》って協力《きょうりょく》してさ』

『……互《たが》いを信頼《しんらい》し合《あ》っている』

そして、三人《にん》は声《こえ》を合《あ》わせて言《い》った。

『戦友《せんゆう》なんだ』『部員《ぶいん》だな』『級友《きゅうゆう》なんだよ』

――決《けっ》して合《あ》ってなどいなかった。

『おいおいおいおいおい！　何《なん》だよ、ばらばらじゃねーか！　今《いま》のは声《こえ》をそろえて連帯感《れんたいかん》を出《だ》すところだろ！』

リョータのツッコミに、タイセイが『はは……』と苦笑《くしょう》する。

テンはあぜんとしながらも、三人《にん》の会話《かいわ》から何《なに》かを見《み》いだそうとしていた。

(この人《ひと》たち、ひょっとして……)

その時《とき》、各自《かくじ》のスマートフォンから、非常事態《ひじょうじたい》をしらせる警告音《けいこくおん》が鳴《な》り響《ひび》いた。

『……！　アンノウンか？』

『そう、みたい……こっちから見《み》えるよ、跳上橋《はねあげばし》にキャプチャーウォールが展開《てんかい》した！』

アカネの問《と》いにタイセイが答《こた》える。

三人《にん》がスマートフォンの向《む》こうでうなずきあった。シンカリオンの運転士《うんてんし》として。

『魚虎《うおとら》くん、アンノウンを倒《たお》したら、君《きみ》の話《はなし》を聞《き》かせて欲《ほ》しい。助《たす》けになりたいんだ……また後《あと》でね』

タイセイがそう告《つ》げたのをきっかけに、グループ通話《つうわ》は終了《しゅうりょう》となった。

「大事《だいじ》に、思《おも》い合《あ》う……」

テンはそうぽつりとつぶやくと、スマートフォンを見《み》つめ続《つづ》けた。

ERDA《エルダ》東海本部《とうかいほんぶ》へ向《む》かう途中《とちゅう》、タイセイはつぶやいた。

「跳上橋《はねあげばし》。また姉《ねえ》ちゃんとの思《おも》い出《で》の場所《ばしょ》だ……」

一体《いったい》、アンノウンの狙《ねら》いは何《なん》なんだろう。

考《かんが》えたがわかるはずもなく、仕方《しかた》なく走《はし》ることに集中《しゅうちゅう》した。

テンがＥＲＤＡ《エルダ》東海本部《とうかいほんぶ》へ戻《もど》ると、すでにアンノウンとシンカリオンたちが戦《たたか》っているところだった。

高輪《たかなわ》はこういう事態《じたい》にそなえ、タイセイたちのシンカリオンを運《はこ》び込《こ》んでいたらしい。

だから、スムーズにアンノウン撃破《げきは》に向《む》かえたのだろう――だが。

『こいつ、こんなふざけた格好《かっこう》して！』

モニターの中《なか》でリョータがうめいた。

彼《かれ》の乗《の》るＥ７《イーセブン》かがやきは、エルダドリルとの合体《がったい》も果《は》たし、パワーアップして敵《てき》のアンノウンに近《ちか》づこうとしていた。

同《おな》じようにトレーラーフォームになったＥ５《イーファイブ》はやぶさ、トップリフターフォームになったＥ６《イーシックス》こまちも、戦《たたか》いを挑《いど》んでいる。

だが、相手《あいて》――大《おお》きなクレーンの形《かたち》の、変《か》わったアンノウン――は意外《いがい》と強敵《きょうてき》だった。

遠《とお》くにいる時《とき》は胴体《どうたい》からコンテナのような物体《ぶったい》を射出《しゃしゅつ》してダメージを与《あた》えてくる。近《ちか》づいて攻撃《こうげき》すれば、首《くび》のクレーンをのばしてシンカリオンをがんじがらめに捕縛《ほばく》。そのまま放《ほう》り投《な》げるという荒技《あらわざ》に出《で》ていた。

その攻撃《こうげき》にまどわされ、なかなかダメージを与《あた》えられない。

『リョータ、右《みぎ》だ！』

『了解《りょうかい》……っておい、右《みぎ》に避《よ》けたのに攻撃《こうげき》が来《き》たじゃねぇか！』

『馬鹿《ばか》、右《みぎ》って言《い》ったら「右《みぎ》から攻撃《こうげき》が来《く》る」って意味《いみ》に決《き》まってるだろう！』

『はぁ!? 普通《ふつう》「右《みぎ》に避《よ》けろ」って意味《いみ》だろ！』

「全然《ぜんぜん》、ダメダメじゃん……」

リョータとアカネの口《くち》げんかを聞《き》いて、テンがげんなりとした顔《かお》をする。

先《さき》ほど、この先輩《せんぱい》たちから何《なに》か感《かん》じ取《と》ったような気《き》がしたのは、気《き》のせいだったのか。

そこへ、タイセイの声《こえ》が響《ひび》いた。

『二人《ふたり》とも「左《ひだり》から」だ！』

その言葉《ことば》に瞬時《しゅんじ》に、E7《イーセブン》とE6《イーシックス》は右《みぎ》に逸《そ》れた。リョータが満足《まんぞく》そうに笑《わら》う。

『はい、今《いま》の指示《しじ》が正解《せいかい》です！　にゃははっ！』

アカネもうなずき、タイセイはほっとした表情《ひょうじょう》で軽《かる》く目《め》を閉《と》じると、自信《じしん》をみなぎらせて言《い》った。

『相手《あいて》の攻撃《こうげき》は強《つよ》いけど、僕《ぼく》らもこれと同《おな》じぐらい強《つよ》い敵《てき》と戦《たたか》ってきたんだ――僕《ぼく》らならやれる、全力《ぜんりょく》でがんばろう！』

テンは目《め》を大《おお》きく開《ひら》いた。そのあとに続《つづ》く言葉《ことば》が予測《よそく》されたから。

――何《なん》だよ、それ。

――ついてけないんだよ、お前《まえ》。

違《ちが》った。

『おう、やってやんよ！』

『当然《とうぜん》！』

リョータとアカネの、不敵《ふてき》な笑《え》みがそろった。

二人《ふたり》はシンカリオンを操《あやつ》り、飛《と》んできたコンテナをドリルと大型拳銃《おおがたけんじゅう》でたたき落《お》とす。

『すごいよ、二人《ふたり》とも！』

タイセイの感心《かんしん》した声《こえ》に、二人《ふたり》は親指《おやゆび》を立《た》ててみせる。

そこに見《み》えるのは、絆《きずな》ともいうべき信頼感《しんらいかん》。

――この時《とき》、テンは自分《じぶん》のあやまちを感《かん》じ取《と》っていた。

「そっか……僕《ぼく》は、押《お》し付《つ》けてばっかりで、二人《ふたり》のがんばりを無視《むし》してたんだ」

お互《たが》いを認《みと》め合《あ》う。それには自分《じぶん》も、マサとヒロを認《みと》めなくてはならなかった。

それなのに自分《じぶん》は、自分《じぶん》だけで何《なん》とかすればいいと思《おも》い、二人《ふたり》の努力《どりょく》を見《み》なかった。

この先輩《せんぱい》たちに対《たい》してもそうだ。合同訓練《ごうどうくんれん》で自分《じぶん》が合《あ》わせればいいと考《かんが》え、勝手《かって》に手加《てか》減《げん》をしていた。

彼《かれ》らの実力《じつりょく》を、知《し》ろうともせずに――！

「そうだよ。僕《ぼく》が全力《ぜんりょく》で向《む》き合《あ》うことをあきらめて、どうするんだよ……！」

どくん、と胸《むね》の中《なか》で心臓《しんぞう》がはねる。

気《き》がつけば彼《かれ》は走《はし》り出《だ》していた。自分《じぶん》のシンカリオンのもとに。

タイセイたちは、未《いま》だ苦戦《くせん》を強《し》いられていた。

何《なん》とか息《いき》を合《あ》わせることには成功《せいこう》したが、それで敵《てき》の攻撃《こうげき》パターンを破《やぶ》れるほど甘《あま》くはない。しかも相手《あいて》の装甲《そうこう》は固《かた》く、なかなか攻撃《こうげき》を受《う》け付《つ》けなかった。

「どうしよう……」

タイセイがつぶやいた、その時《とき》。

キャプチャーウォール内《ない》に、りんとした声《こえ》が響《ひび》いた。

「チェンジ、シンカリオン！」

白《しろ》い新幹線《しんかんせん》が姿《すがた》を変《か》え、巨大《きょだい》なロボットが現《あらわ》れる！

上空《じょうくう》の輸送機《ゆそうき》から射出《しゃしゅつ》された青《あお》いトレーラーと合体《がったい》し、
そのロボットは電子音《でんしおん》を響《ひび》かせた。

『シンカリオン N《エヌ》700S《エス》のぞみブルートレーラーフォーム』

盾《たて》と剣《けん》を構《かま》えた白《しろ》きシンカリオンが、キャプチャーウォールの地《ち》に舞《ま》い降《お》りる。

それを見《み》たタイセイたちの顔《かお》がいっせいにかがやいた。

「魚虎《うおとら》くん！」

「テン、適性値《てきせいち》が戻《もど》ったのか！」

「はい、何《なん》とか！　さっき測《はか》ったら回復《かいふく》してました！」

テンは叫《さけ》ぶと、撃《う》ち出《だ》されてきたコンテナを瞬時《しゅんじ》に剣《けん》で切《き》り落《お》とす。

目《め》にも見《み》えないその早業《はやわざ》に、タイセイたちは感嘆《かんたん》の声《こえ》をあげた。

「さすが、天才運転士《てんさいうんてんし》だね」

「先輩《せんぱい》たちの戦《たたか》いを見《み》ていました」

テンは冷静《れいせい》な声《こえ》で応《おう》じる。

「敵《てき》は距離《きょり》をとると、コンテナを射出《しゃしゅつ》してくる。でも、近《ちか》づこうとしてもクレーン状《じょう》の捕《ほ》獲機《かくき》に捕《つか》まって、投《な》げ飛《と》ばされてしまう」

「そうそう！」

「そこでアンノウンの右側《みぎがわ》を見《み》てください。カウンターウェイトみたいじゃないですか」

言《い》われてタイセイが見《み》てみると、そこには確《たし》かに跳上橋《はねあげばし》にもあったカウンターウェイトみたいなものがついている。

「ひょっとして、あのアンノウンもあれでバランスを取《と》ってるってこと？」

「はい、恐《おそ》らく。なので皆《みな》さんは相手《あいて》の攻撃《こうげき》を引《ひ》きつけてください。その間《あいだ》に、僕《ぼく》があれにしがみついてバランスを崩《くず》します」

「できるのか？」

アカネの問《と》いに、テンは目《め》を一瞬《いっしゅん》閉《と》じてから開《ひら》いた。

「はい。僕《ぼく》なら——いや、僕《ぼく》たちならやれます！」

「よっしゃ、じゃあやろうぜ！」

リョータがニカッと笑《わら》い、一同《いちどう》は作戦《さくせん》を開始《かいし》した。

指令室《しれいしつ》からのアシストで、キャプチャーウォールの床《ゆか》を上《うえ》へとのばし——シリンダーと呼《よ》ばれる機構《きこう》だ——アンノウンの頭上《ずじょう》へと階段《かいだん》を作《つく》る。

それを駆《か》け上《のぼ》るようにして、近《ちか》づいた。

当然敵《とうぜんてき》もコンテナやクレーンで攻撃《こうげき》してきたが、それはタイセイたちが、剣《けん》で、ドリルで、拳銃《けんじゅう》で、すべてたたき落《お》とした。

（先輩《せんぱい》たちが、僕《ぼく》に道《みち》をつないでくれている。そうか、これが——）

そして。アンノウンのもとまでたどりついたテンは、機体《きたい》を思《おも》いきり跳躍《ちょうやく》させるとカウンターウェイトへと取《と》りついた。

「これが、僕《ぼく》たちの架《か》け橋《はし》なんだ！」

カウンターウェイトにしがみつかれたアンノウンは、今《いま》までの悠然《ゆうぜん》とした姿勢《しせい》がウソみたいに傾《かたむ》き始《はじ》めた。攻撃《こうげき》もままならないのか、無防備《むぼうび》になる。

その機《き》を逃《のが》さず、タイセイたちが足元《あしもと》にしがみつき、傾《かたむ》いた姿勢《しせい》を固定《こてい》させた。

「今《いま》だよ、魚虎《うおとら》くん！」

声《こえ》に応《こた》えるかのように、テンがカウンターウェイトから離《はな》れると、N《エヌ》700S《エス》のぞみを猛然《もうぜん》と回転《かいてん》させる。

「うおおおお、リクソウブレード！」

そして、一閃《いっせん》した光刃《こうじん》にアンノウンは真《ま》っ二《ぷた》つになり、塵《ちり》も残《のこ》さずに爆発《ばくはつ》した。

「いやぁ、良《よ》かったなテンのやつ。仲直《なかなお》りができそうでさぁ」

新幹線《しんかんせん》の中《なか》で、リョータが伸《の》びをしながら笑《わら》った。

アンノウンを倒《たお》したあと。合同訓練《ごうどうくんれん》を改《あらた》めて行《おこな》い、タイセイたちは帰《かえ》ることとなった。

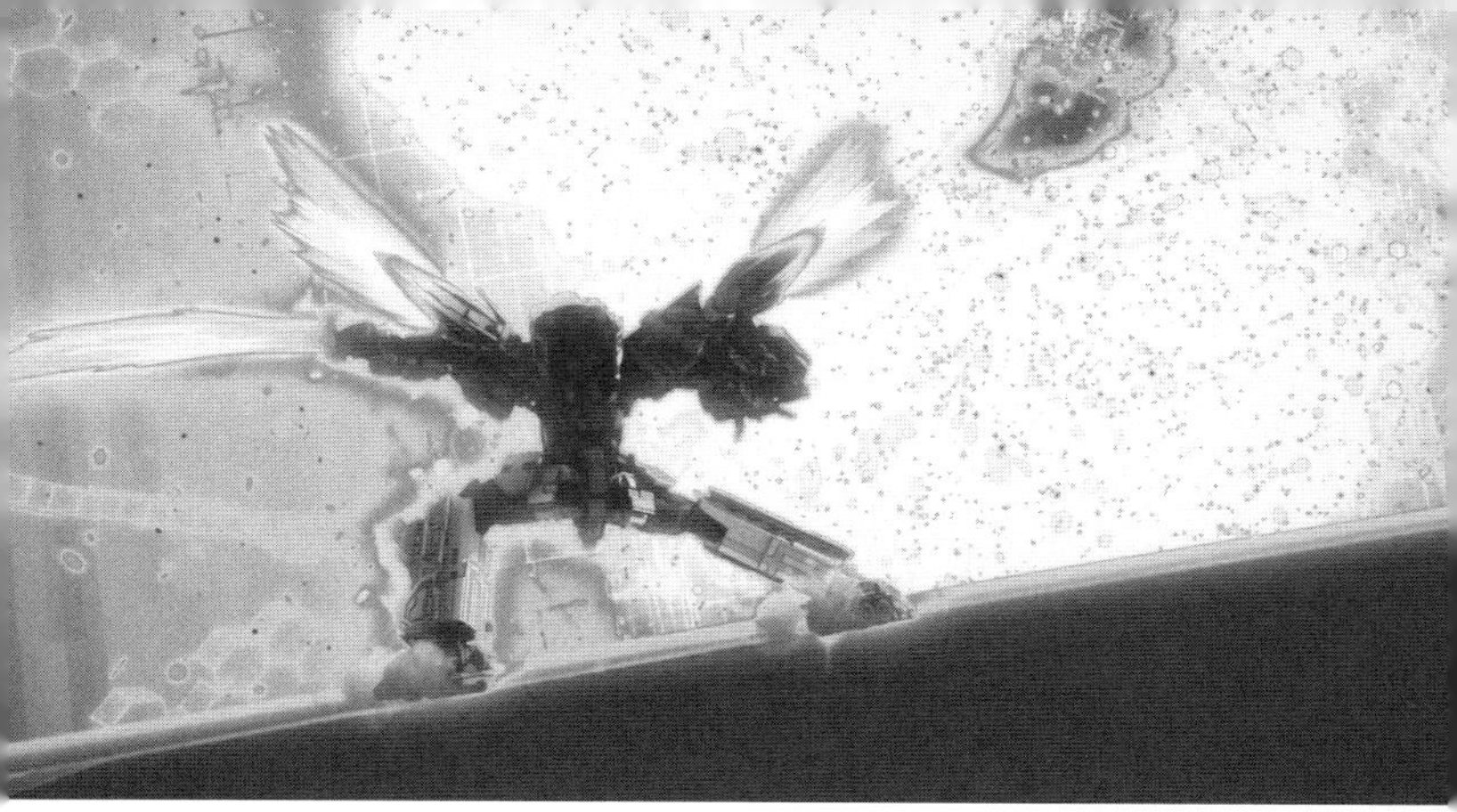

見送《みおく》りの改札前《かいさつまえ》で、テンが三人《にん》に改《あらた》めて礼《れい》をのべた。

「あの二人《ふたり》と、もう一度《いちど》話《はな》し合《あ》うことにしました。昔《むかし》のこと、謝《あやま》りたいから……決心《けっしん》がついたのも、皆《みな》さんのおかげです。本当《ほんとう》にありがとうございました」

そう言《い》ってテンは袋《ふくろ》を差《さ》し出《だ》す。「お、今度《こんど》はどこに並《なら》んできたんだ！」と期待《きたい》したリョータは、中身《なかみ》が普通《ふつう》のスナック菓子《がし》だったので目《め》を点《てん》にした。

「そこのコンビニで買《か》ってきたお菓子《かし》、です」

テンはてへっと舌《した》を出《だ》して笑《わら》う。

その姿《すがた》はかわいらしく、ビーナが「テンくん、あざとかわい～！　スマホから鼻血《はなぢ》出《で》ちゃう！」と興奮《こうふん》したほどである。

ともあれ、これでテンの問題《もんだい》も解決《かいけつ》した、と一同《いちどう》はほっと一安心《ひとあんしん》していた。

ただし、とアカネがすました顔《かお》でつけくわえた。

「話《はな》し合《あ》いをすると決《き》めただけで、仲直《なかなお》りできるかどうかはテン次第《しだい》だけどね」

「大丈夫《だいじょうぶ》、あいつならできるさ。タイセイがいいこと言《い》ってくれたしな」

「え、僕《ぼく》？」

「友達《ともだち》の形《かたち》って色々《いろいろ》ある。ただ、全部《ぜんぶ》に言《い》えるのは、お互《たが》いを大事《だいじ》に思《おも》いあっていること
だ……こんなにしみることを言《い》われたんだ、テンならやってくれるって。あ、カッちゃん、この名言《めいげん》、授業《じゅぎょう》で使《つか》っていいよ」

自分《じぶん》のことのように得意《とくい》がるリョータ。

高輪《たかなわ》も「カッコイイな、タイセイ」とほめてくれる。

タイセイは照《て》れながら、ほほえんで言《い》った。

「その、僕《ぼく》が考《かんが》えたわけじゃなくて。姉《ねえ》さんが前《まえ》に言《い》っていたのを思《おも》い出《だ》したんです」

「え？」

ふと。アカネが何《なに》かに気《き》づいたかのように、タイセイをじっと見《み》つめてきた。

「どうしたの、アカネ？」

「いや、そういえばタイセイって――」

新幹線《しんかんせん》は東京駅《とうきょうえき》についた。

降《お》りる指示《しじ》のアナウンスの中《なか》、リョータに高輪《たかなわ》、アカネもぞろぞろと降《お》りていく。

ただ一人《ひとり》、タイセイだけが座《すわ》ったまま動《うご》かない。

その胸《むね》の中《なか》では、ついさっきアカネに言《い》われた言葉《ことば》がゆれていた。

――タイセイって、お姉《ねえ》さんの受《う》け売《う》りばっかりだなと思《おも》ってね。

「えっと、姉《ねえ》ちゃんは正《ただ》しいし、カッコイイ……だから、姉《ねえ》ちゃんの言葉《ことば》を借《か》りただけだよ。これって何《なに》もおかしくない……よね？」

不安《ふあん》げなその問《と》いに答《こた》えるものは誰《だれ》もおらず、スマートフォンからビーナがしきりに「早《はや》く降《お》りなさいよタイセイ、何《なに》してるの？」と急《せ》かすだけだった。

9話《わ》

彼《かれ》の正体《しょうたい》

小《ちい》さいころの記憶《きおく》――メタバースの中《なか》。

幼《おさな》いタイセイは周《まわ》りを見渡《みわた》すと、目《め》の前《まえ》にいる姉《あね》、大成《おおなり》イナにたずねた。

「ここは……動物園《どうぶつえん》？」

「そう。昔《むかし》バイトでここの構築《こうちく》を手伝《てつだ》ったの」

そう言《い》って、姉《あね》はなつかしそうに笑《わら》った。

姉弟《きょうだい》をとりまく草原《そうげん》や森林《しんりん》には、いろいろな動物《どうぶつ》がおだやかに暮《く》らしている。

だが、これらはデータだ。仮想現実空間《かそうげんじつくうかん》で見《み》る、幻《まぼろし》にすぎない。

それでもキリンや象《ぞう》、チーターといっためずらしい生《い》き物《もの》に出会《であ》えて、タイセイは少《すこ》し目《め》を輝《かがや》かせていた。本物《ほんもの》の動物園《どうぶつえん》と、何《なん》の違《ちが》いもない。

象《ぞう》が長《なが》い鼻《はな》でタイセイを背中《せなか》に運《はこ》んでくれ、彼《かれ》の喜《よろこ》びはいっそう増《ま》した。

だが、それとは逆《ぎゃく》にイナの表情《ひょうじょう》が曇《くも》る。

「でもね、ここはもうすぐ閉《と》じる予定《よてい》なのよ」

「えっ、どうして？」

「こういうメタバースの動物園《どうぶつえん》が流行《はや》ると、リアルの動物《どうぶつ》園《えん》のお客《きゃく》さんが減《へ》っちゃうの。そうしたら、そこの動物《どうぶつ》たちの行《い》く先《さき》がなくなっちゃうかもって問題《もんだい》があってね。だから閉《と》じちゃおうってわけ……人間《にんげん》の勝手《かって》な都合《つごう》でね」

タイセイには、イナの言葉《ことば》の意味《いみ》はよくわからなかったが、気持《きも》ちだけは理解《りかい》できた。この動物園《どうぶつえん》が消《き》えるのがいやなのだろう、タイセイにつめよってくる。

「そりゃあリアルの動物《どうぶつ》は大事《だいじ》よ。滅茶苦茶大事《めちゃくちゃだいじ》よ。私好《わたしす》きだもの、動物《どうぶつ》。でもね！　それじゃあこの子《こ》たちはどうなるのよ！　この子《こ》たちだってデータだけど、生《い》きているようなものなのよ!?」

「ぼ、僕《ぼく》に言《い》われても……ちょっと、姉《ねえ》ちゃん落《お》ち着《つ》いて」

「これが何度《なんど》も悩《なや》んだすえの結果《けっか》ならまだいいのよ。悔《くや》しいけど納得《なっとく》は出来《でき》る。でも、天秤《てんびん》にすらかけられてないのよこの子《こ》たちは！　そういう事情《じじょう》なら仕方《しかた》ないねって、最初《さいしょ》からあきらめられてるのよ！」

　タイセイの言葉《ことば》を無視《むし》して、姉《あね》は一人盛《ひともり》り上《あ》がった。よっぽど頭《あたま》にきてるらしい。

　拳《こぶし》を胸元《むなもと》で握《にぎ》ると、強《つよ》くうなずいた。

「決《き》めた！　みんなが認《みと》めたとしても、私《わたし》は絶対《ぜったい》に認《みと》めない！　たとえ反対《はんたい》するのが私《わたし》一人《ひとり》だとしても、最後《さいご》まで闘《たたか》ってやる！」

「……姉《ねえ》ちゃん、何《なに》するつもり？」

「いい、つまりはこういうことなの。味方《みかた》は誰《だれ》もいない、自分《じぶん》はひとりぼっち。それでも、世界中《せかいじゅう》に自分一人《じぶんひとり》でも、立《た》ち上《あ》がれるかってこと。どう、タイセイ？　あんたは一人《ひとり》でも、立《た》ち上《あ》がれる？」

「僕《ぼく》は……」

「私《わたし》は立《た》つわ。自分《じぶん》一人《ひとり》でも――その方《ほう》がカッコイイから」

そう言《い》って決意《けつい》を固《かた》めている姉《あね》は、確《たし》かにカッコイイとタイセイは思《おも》った。

だから。イナに自分《じぶん》の考《かんが》えを述《の》べようとしたその時《とき》――

「……あ、あれ？」

ピコン、と着信音《ちゃくしんおん》が鳴《な》って、タイセイは目《め》を覚《さ》ました。

今《いま》まで夢《ゆめ》を見《み》ていたらしい。

ベッドのそばの棚《たな》に置《お》いてある、スマートフォンに手《て》をのばす。高輪《たかなわ》からメッセージが入《はい》っていた。

確認《かくにん》して、目《め》を見開《みひら》いた。

『ERDA《エルダ》のサーバーにイナのアカウントからアクセスがあった。すぐに来《き》てくれ』

「……！」

タイセイはあわてて立《た》ち上《あ》がると、着替《きが》えて外《そと》に出《で》た。

「早《はや》かったな」

ＥＲＤＡ《エルダ》の指令室《しれいしつ》で、高輪《たかなわ》はしぶい顔《かお》をしつつ待《ま》っていた。

タイセイは息《いき》を切《き》らしながら口《くち》を開《ひら》く。

「本当《ほんとう》ですか、姉《ねえ》さんのアカウントから、アクセスがあったって……」

「ええ……ですが、先《さき》ほど追跡《ついせき》を振《ふ》り切《き》られてしまいました」

答《こた》えたのは研究員《けんきゅういん》のアガノだ。コンピュータを操作《そうさ》しながら、無念《むねん》そうな顔《かお》をする。

イナの居場所《いばしょ》がわかるかもしれないと期待《きたい》していたタイセイは、「そうですか」と肩《かた》を落《お》とした。

高輪《たかなわ》がタイセイにたずねた。

「前《まえ》も言《い》ったが、イナのアカウントからの接触《せっしょく》は時々《ときどき》あるんだ。そのたびに、主《おも》にメタバース関連《かんれん》のデータにアクセスしている。何《なに》か心当《こころあ》たりはあるか？」

「いえ。姉《ねえ》さんからメタバースのことは色々《いろいろ》教《おし》えてもらいましたけど、姉《ねえ》さんの行方《ゆくえ》に関《かん》係《けい》するようなことは……」

と、タイセイは少《すこ》し前《まえ》から気《き》になっていることを、高輪《たかなわ》に告《つ》げた。

「……先生《せんせい》。姉《ねえ》さんのことで、一《ひと》つ気《き》になっていることがあるんです。これまで戦《たたか》ってきたアンノウンなんですけど……僕《ぼく》と姉《ねえ》さんが行《い》った場所《ばしょ》ばかりを襲《おそ》っているみたいで」

敦賀《つるが》の鉄道資料館《てつどうしりょうかん》、秋葉原《あきはばら》の旧万世橋駅《きゅうまんせいばしえき》、名古屋《なごや》のリニア・鉄道館《てつどうかん》に名古屋港跳上橋《なごやこうはねあげばし》。

どれも姉《あね》と訪《おとず》れた地《ち》ばかりで、そこにアンノウンは現《あらわ》れた。

そのことを伝《つた》えると、高輪《たかなわ》は考《かんが》えこんだが、やがて首《くび》を振《ふ》って笑《わら》ってみせた。

「いや、偶然《ぐうぜん》だろう。アンノウンは二十年《にじゅうねん》近《ちか》く前《まえ》、初《はじ》めて姿《すがた》を現《あらわ》したそのときから、なぜか鉄道関連《てつどうかんれん》の場所《ばしょ》ばかりを襲撃《しゅうげき》してきた。お前《まえ》たち姉弟《きょうだい》がおとずれたのが鉄道関連《てつどうかんれん》のものばかりだから、かぶったんだろう」

「はぁ……」

「それにしても、そんなに一緒《いっしょ》にいろいろな場所《ばしょ》に行《い》くなんて、お前《まえ》とイナは本当《ほんとう》に鉄道《てつどう》が好《す》きなんだな……そういえば、イナは家《いえ》ではどんなやつだったんだ？」

「え？　そうですね、姉《ねえ》さんは、たとえば……」

ちょうどさっきの夢《ゆめ》に出《で》てきたことをタイセイは語《かた》った。

——メタバースの動物園《どうぶつえん》のために一人《ひとり》で闘《たたか》うことを決《き》めたイナは、それから徹夜《てつや》で何《なに》やらデータをいじっていた。

そして「できた！」と叫《さけ》ぶやいなや、タイセイをもう一度《いちど》（無理矢理《むりやり》）メタバースの動《どう》物園《ぶつえん》に連《つ》れて来《き》たのである。

そこにある光景《こうけい》を見《み》て、タイセイはぽかんとなった。

「おう坊主《ぼうず》！　おめーイナさんの弟《おとうと》なんだってな？」

「可愛《かわい》いわね。アタシとお肉《にく》でも食《た》べてく？」

足《あし》を組《く》んだ象《ぞう》が、寝《ね》そべったチーターが、気《き》さくに語《かた》りかけてくるのだ。人間《にんげん》の声《こえ》で。

口《くち》をぱくぱくさせるタイセイの後《うし》ろで、イナが得意《とくい》そうに胸《むね》をはった。

「すごいでしょう！」

「……なに、これ？」

「斬新《ざんしん》でしょ。しゃべる動物《どうぶつ》たちの動物園《どうぶつえん》よ。言葉《ことば》を喋《しゃべ》る相手《あいて》は見捨《みす》てにくいからね。これで経営陣《けいえいじん》の人情《にんじょう》に訴《うった》えるのよ！」

徹夜明《てつやあ》けでドロドロした顔《かお》は、目《め》だけらんらんと輝《かがや》いていた——

「ぷ、くくく……」

「そ、それでどうなったんだ？」

現実《げんじつ》の指令室《しれいしつ》で笑《わら》いをこらえるアガノと高輪《たかなわ》に、タイセイも苦笑《くしょう》しつつ答《こた》えた。

「それが――」

かけあった動物園《どうぶつえん》の経営者《けいえいしゃ》は、呆《あき》れてイナに言《い》ったという。

『動物《どうぶつ》が喋《しゃべ》ってどうするんですか！　しかも、勝手《かって》に内部《ないぶ》データを改竄《かいざん》してぇ！』

ごもっともなその言葉《ことば》とともに、メタバースの動物園《どうぶつえん》は閉鎖決定《へいさけってい》となった。

イナは最後《さいご》まで「人《ひと》の心《こころ》がないのかこのー」と反抗《はんこう》していたが、結局《けっきょく》どうにもできなかったらしい。冷静《れいせい》に考《かんが》えたらそりゃそうだとしか言《い》いようのない結末《けつまつ》だった。

「ふふふ、イナっちらしいですね」

「ははは、そうだな。ＥＲＤＡ《エルダ》でも、我《わ》が道《みち》を行《い》くやつだった」

とうとう笑《わら》い出《だ》したアガノと高輪《たかなわ》が、そうしめくくる。タイセイもつられて微笑《ほほえ》んだ。

イナの話題《わだい》で素直《すなお》に笑《わら》えるのは、いつぶりだろうと思《おも》いながら。

と、その時《とき》。指令室《しれいしつ》のモニターから軽《かろ》やかな着信音《ちゃくしんおん》が流《なが》れる。

「お、メッセージだな。これは……！」

出《で》てきたのは三角形《さんかくけい》のグラフ。タイセイも見《み》たことのある、適性値《てきせいち》を示《しめ》すものだった。

問題《もんだい》は、それが誰《だれ》のものかということだが――

「アガノ、これをどう思《おも》う？」

「十分《じゅうぶん》な数値《すうち》です。まずは模擬戦《もぎせん》でデータを収集《しゅうしゅう》したいですね」

「善《ぜん》は急《いそ》げか――タイセイ！」

いきなり名前《なまえ》を呼《よ》ばれて「はい!?」とかしこまるタイセイに、高輪《たかなわ》はにかっと笑《わら》った。

「喜《よろこ》べ！　Ｈ５《エイチファイブ》の運転士《うんてんし》が見《み》つかった！」

「Ｈ５《エイチファイブ》……!?」

「ああ。早速《さっそく》だが今《いま》から合同訓練《ごうどうくんれん》――つまり模擬戦《もぎせん》を行《おこな》う！」


シンカリオンＨ５《エイチファイブ》はやぶさは、ＥＲＤＡ《エルダ》北海道本部《ほっかいどうほんぶ》で調整《ちょうせい》されていた機体《きたい》だ。

その名前《なまえ》の通《とお》りE5《イーファイブ》はやぶさとよく似《に》た姿《すがた》をしていて、変形前《へんけいまえ》の車両《しゃりょう》は新幹線《しんかんせん》H5《エイチご》系《けい》はやぶさをモチーフにしている。

そのH5《エイチファイブ》がメタバース内《ない》の模擬《もぎ》戦用《せんよう》訓練所《くんれんしょ》に現《あらわ》れ、丁《てい》寧《ねい》に挨拶《あいさつ》をした。

「よろしくお願《ねが》いします」

そう言《い》ってモニター内《ない》で頭《あたま》を下《さ》げたのは、顔立《かおだ》ちの整《ととの》っている少年《しょうねん》だ。背《せ》は高《たか》いが、顔立《かおだ》ちはどこか幼《おさな》さも感《かん》じる。

そのとうとつな挨拶《あいさつ》に、E5《イーファイブ》はやぶさ内《ない》のタイセイは目《め》をまたたいた。

「あの、初《はじ》めまして。H5《エイチファイブ》の運転士《うんてんし》さんですか」

「あ、はい」

「そうですか」

そこで二人《ふたり》の会話《かいわ》は途切《とぎ》れる。間《ま》が持《も》たず、微妙《びみょう》な空気《くうき》が流《なが》れた。

ビーナがあきれてタイセイに言《い》った。

「……挨拶《あいさつ》してあげなさいよ。あんた先輩《せんぱい》なんだから」

「あ、ええと、E5《イーファイブ》の運転士《うんてんし》の、大成《おおなり》タイセイです。よろしくお願《ねが》いします」

「五稜郭《ごりょうかく》シオンです。よろしくお願《ねが》いします」

「ええと、ここで模擬戦《もぎせん》を行《おこな》うみたいです」

「模擬戦《もぎせん》。はい」

「合同訓練《ごうどうくんれん》って言《い》ってました」

「合同訓練《ごうどうくんれん》……」

「あ、合同《ごうどう》っていうのはH5《エイチファイブ》と僕《ぼく》らE5《イーファイブ》、E6《イーシックス》、E7《イーセブン》の合同《ごうどう》っていう意味《いみ》で――」

「――下手《へた》くそか！」

結局《けっきょく》、ビーナがツッコミを入《い》れるはめになった。

「あんたら、もう少《すこ》しぽんぽん会話《かいわ》できないわけ!? シオンだっけ、あんたどこからアクセスしてるのよ！ ラグいんじゃないでしょうね!? 学年《がくねん》は！」

「学年《がくねん》。中学《ちゅうがく》一年生《ねんせい》です」

「そう、じゃあ名実《めいじつ》ともに後輩《こうはい》ね。あたしはビーナ。こいつのお目付《めつ》け役《やく》みたいなもんよ。よろしく」

「お目付《めつ》け役《やく》。よろしくお願《ねが》いします」

「聞《き》きたいことはある？　新人《しんじん》なんだから遠慮《えんりょ》なく何《なん》でも聞《き》いていいわよ」

「ええと……。あ、アクセスしてるのはＥＲＤＡ《エルダ》北海道本部函館指令室《ほっかいどうほんぶはこだてしれいしつ》です」

「その話題《わだい》はもう終《お》わったのよ！　ていうかあれは皮肉《ひにく》よ！　別《べつ》にアクセス元《もと》なんて知《し》りたかないわよ！」

のんびりぼーっとしたシオンの態度《たいど》に、「やだこの子疲《こつか》れる！」とビーナはわめいた。

それまで状況《じょうきょう》を楽《たの》しそうに眺《なが》めていたリョータが、笑《わら》いをこらえながら言《い》う。

「シオン、合同訓練《ごうどうくんれん》は初《はじ》めてだって？　まぁ、俺《おれ》たちに任《まか》せておけよ。とは言《い》っても、俺《おれ》たちもそんなに合同訓練《ごうどうくんれん》やったことないんだけどな、にゃはは！」

「お互《たが》いがんばろう」

アカネも言葉《ことば》をかけてくれ、シオンはうなずいた。

『じゃあ、模擬戦《もぎせん》を始《はじ》めるぞ！　用意《ようい》スタート！』

高輪《たかなわ》の声《こえ》が響《ひび》き、訓練所内《くんれんしょない》にアンノウンが四体現《たいあらわ》れる。

四人《よにん》は即座《そくざ》に反応《はんのう》すると、その撃退《げきたい》にかかった。


——数時間後《すうじかんご》。

「じゃあ、シオンくんの歓迎《かんげい》を祝《しゅく》して。かんぱーい！」

「かんぱーい」

タイセイたちの同級生《どうきゅうせい》にして、ERDA《エルダ》のシステムエンジニア候補《こうほ》——青梅《おうめ》マイの声《こえ》にあわせ、一同《いちどう》はグラスを重《かさ》ね合《あ》わせた。

メタバース内《ない》の、鉄道部部室《てつどうぶぶしつ》である。

実《じつ》は、タイセイたちの通《かよ》う進開学園《しんかいがくえん》の鉄道部《てつどうぶ》はERDA《エルダ》とつながっている。タイセイたち運転士《うんてんし》三人《にん》とマイはその部員《ぶいん》でもあるのだ。

そのため、ERDA《エルダ》がらみのイベントはメタバース内《ない》の鉄道部部室《てつどうぶぶしつ》で行《おこな》うこともある。

今回《こんかい》はマイの言《い》う通《とお》り、遠方《えんぽう》から来《き》た——とはいえネットの空間内《くうかんない》だから距離《きょり》はゼロに等《ひと》しいが――シオンの歓迎会《かんげいかい》だった。

「ありがとうございます」とシオンが礼《れい》をのべたのをきっかけに、一同《いちどう》は楽《たの》しみ始《はじ》めた。

テーブルの上《うえ》には、ジュースやお菓子《かし》が並《なら》べられている。それを飲《の》み食《く》いするのが主《おも》な目的《もくてき》だ。飲《の》み食《く》いとは言《い》ってもしょせんはデータなので、飲《の》んだ感覚《かんかく》がしている、食《た》べた感覚《かんかく》がしている、というのが正《ただ》しいが。

と、部室《ぶしつ》をきょろきょろと見回《みまわ》すシオンに、マイが得意《とくい》げに告《つ》げた。

「どう？　我《わ》が鉄道部《てつどうぶ》の部室《ぶしつ》は？」

「……広《ひろ》いですね。それに綺麗《きれい》です」

「でしょ？　これからはいつでもアクセスしていいからね」

「いつでも。はい」

シオンがうなずいていると、ふとアカネが声《こえ》をかけてくる。

「シオン。ちょっと立《た》ってくれないか」

「？　はい」

「……ふむ。なるほど。ありがとう」

「なんだよ、アカネ。急《きゅう》にシオンを立《た》たせたりして」

「いや、ここにあるのはリアルのボディじゃなくてアバターだけれど、それでも経験《けいけん》というものは身体《からだ》の使《つか》い方《かた》に出《で》るんだなと思《おも》ってね」

アカネはもったいぶったように言《い》うと、シオンを鋭《するど》い目《め》で見抜《みぬ》く。

「僕《ぼく》も一応《いちおう》はアスリートの端《はし》くれだ。立《た》ち方《かた》を見《み》ればわかるさ。シオン、君《きみ》は何《なに》かスポーツ……いや、武道《ぶどう》をやっているだろう？」

答《こた》えたのはシオンではなかった。

「ああ、古武道《こぶどう》な。爺《じい》ちゃんが道場《どうじょう》やってるってよ」

「はぁ!?　リョータ、何《なん》で君《きみ》が答《こた》えるんだ！」

「いや、さっきお前《まえ》がトイレ行《い》ってる間《あいだ》に聞《き》いたんだよ。そりゃあんだけ模擬戦《もぎせん》で、掴《つか》んで投《な》げてってやってたら気《き》になるだろ。にゃははは！」

「くっ……！」

無駄《むだ》に格好《かっこう》をつけたアカネは、一気《いっき》に耳《みみ》まで赤《あか》くなる。タイセイとマイは、顔《かお》をそらして必死《ひっし》に笑《わら》いをこらえた。

リョータの言《い》う通《とお》り、シオンのシンカリオンでの戦《たたか》い方《かた》は特殊《とくしゅ》なもので、アンノウンを投《な》げ飛《と》ばすことが多《おお》かった。何《なに》か武術《ぶじゅつ》をやっていると、アカネでなくても思《おも》うだろう。

「それにしても、そんな武術家《ぶじゅつか》がなんでシンカリオンに乗《の》ることになったんだ？ やっぱりあれか、自分《じぶん》より強《つよ》いやつと戦《たたか》いてぇ、とか!?」

リョータの問《と》いに、しかしシオンは首《くび》を横《よこ》に振《ふ》った。

「強《つよ》いやつと？ いえ。ERDA《エルダ》から運転士《うんてんし》の素質《そしつ》があると言《い》われたからです。それと、家《いえ》の事情《じじょう》でしょうか」

「家《いえ》の？」

「はい……自分《じぶん》は小《ちい》さい頃《ころ》からおじいちゃんおばあちゃんに育《そだ》てられて、今《いま》も一緒《いっしょ》に暮《く》らしています。二人《ふたり》とも元気《げんき》なんですが、半年《はんとし》ほど前《まえ》おじいちゃんが腰《こし》を痛《いた》めたんです」

それ以来《いらい》、シオンは祖母《そぼ》と一緒《いっしょ》に祖父《そふ》の面倒《めんどう》を見《み》てきた。しかし、中学生《ちゅうがくせい》の身《み》としてはやれることに限界《げんかい》がある。

そこにERDA《エルダ》が声《こえ》をかけてきて、介護《かいご》に必要《ひつよう》な様々《さまざま》な費用《ひよう》や設備《せつび》を負担《ふたん》してくれたのだという。おかげで暮《く》らしはずいぶん楽《らく》になった。

「運転士《うんてんし》には、その恩返《おんがえ》しとして立候補《りっこうほ》しました。それが事情《じじょう》です。古武道《こぶどう》はおじいちゃんに言《い》われてやっているだけで、戦《たたか》ったりするのが好《す》きなわけじゃないんです」

思《おも》ったよりも複雑《ふくざつ》な事情《じじょう》に、タイセイたちは声《こえ》も出《で》なかった。

しばらくしてから、リョータが感極《かんきわ》まったような声《こえ》を上《あ》げる。

「お、おおおお……決《き》めた、決《き》めたぜ！」

「リョータ？」

いぶかしそうな顔《かお》をするマイの前《まえ》で、リョータはシオンの肩《かた》を抱《だ》き寄《よ》せる。

「シオン、今日《きょう》から俺《おれ》はお前《まえ》の兄貴分《あにきぶん》だ。困《こま》ってることがあったら何《なん》でも言《い》うように！」

「なによ、いきなり。熱《ねつ》でも出《で》たの？」

「だまらっしゃい。わたくしこと九頭竜《くずりゅう》リョータはおじいちゃんっ子《こ》！　知《し》ってんだろ？」

「いや、知《し》ってるけど。だからシオンくんに共感《きょうかん》しちゃったわけ？」

「その通《とお》りよ！　つーかシオンって偉《えら》いじゃん、めっちゃ偉《えら》くね？」

「あんたねぇ……いや、偉《えら》くないなんて言《い》ってないわよ。実際《じっさい》、家族《かぞく》のためにそこまでがんばれるなんてすごいと思《おも》うし。ねぇ？」

マイの問《と》いに、タイセイとアカネもうなずいた。

リョータはわが意《い》を得《え》たりとばかりに、うんうんうなずく。

「そういうわけでシオン、何《なん》でも頼《たよ》っていいからな。そうだ、何《なに》か悩《なや》みとかないか。俺《おれ》たちにお前《まえ》の悩《なや》みを解決《かいけつ》させてくれ、頼《たの》む！　助《たす》けると思《おも》って！」

「何《なに》その優《やさ》しさの押《お》し売《う》り……さらっと私《わたし》たち巻《ま》き込《こ》んでるし」

マイがあきれてツッコミを入《い》れる。

シオンは少《すこ》し考《かんが》えてから、ふと口《くち》を開《ひら》いた。

「悩《なや》みですか。おじいちゃんは関係《かんけい》ないのですが、いいですか」

「うんうん、何《なん》でも言《い》ってみ。にゃはははは」

「実《じつ》は友達《ともだち》にとある女性《じょせい》がいて、その人《ひと》が自分《じぶん》に惚《ほ》れているか確《たし》かめてほしいんです」

「にゃははは…………は、何《なん》て？」

思《おも》いがけない種類《しゅるい》の相談《そうだん》に、リョータが真顔《まがお》で硬直《こうちょく》する。

と、それを強引《ごういん》に押《お》しのけて、マイがシオンに接近《せっきん》した。

「ちょっとごめんシオンくん、それって恋《こい》バナ!?　恋《こい》バナなのね!?　もうちょっと詳《くわ》しくお願《ねが》い。えっと、その女《おんな》の人《ひと》とはどういう関係《かんけい》？　友達《ともだち》って、学校《がっこう》の友達《ともだち》？」

いきなりのハイテンションな乙女《おとめ》にシオンはあぜんとしたようだが、すぐに気《き》を取《と》り直《なお》したらしく、事情《じじょう》を説明《せつめい》し始《はじ》めた。


シオンがその少女《しょうじょ》と出会《であ》ったのは、メタバースの中《なか》にある学校《がっこう》でのことだった。

距離《きょり》が遠《とお》かったり、家《いえ》の事情《じじょう》などで登校《とうこう》できない生徒《せいと》には、メタバースでの登校《とうこう》が認《みと》められている。シオンも家《いえ》から中学校《ちゅうがっこう》までの距離《きょり》が長《なが》いので、メタバース登校《とうこう》をすることに決《き》めたのだ。

ログインした教室《きょうしつ》で、初《はじ》めて会《あ》ったクラスメートが、その垢抜《あかぬ》けた雰囲気《ふんいき》の少女《しょうじょ》——氷室《ひむろ》ユキだった。

「え、ウソ……」

「ウソ？」

ユキの第一声《だいいっせい》に首《くび》をかしげたシオンだったが、ユキが「ごめん、何《なん》でもない」と笑《わら》ったので気《き》にはしなかった。

「メタバース登校《とうこう》の子《こ》だよね。ウチ、氷室《ひむろ》ユキ。そっちの名前《なまえ》は？」

「え？　あ、五稜郭《ごりょうかく》シオンです」

「シオン……それじゃあ、しーたんだね。よろしく、しーたん」

そして無邪気《むじゃき》に握手《あくしゅ》を交《か》わし、二人《ふたり》は友達《ともだち》になった。

ユキとシオン。それぞれ性格《せいかく》は全然違《ぜんぜんちが》うがなぜか妙《みょう》に気《き》が合《あ》い、二人《ふたり》はあっというまに親《した》しくなっていった。

ただ、向《む》こうが近《ちか》づいてくる時《とき》、距離《きょり》が近《ちか》すぎるんじゃないかとも思《おも》ったが、ユキの個性《こせい》によるものと思《おも》っていた。

それにゆらぎが生《しょう》じたのは、少《すこ》し前《まえ》のことである。

廊下《ろうか》を歩《ある》いてる時《とき》、通行人《つうこうにん》とぶつかってユキが倒《たお》れた。

シオンはあわてて、そのユキに手《て》を差《さ》し伸《の》べたのだ。

「大丈夫《だいじょうぶ》ですか、怪我《けが》は？」

「あ……」

ユキは顔《かお》を赤《あか》らめると、その手《て》を取《と》る。

そして、目《め》を伏《ふ》せがちにしておずおずと「ありがと、しーたん」と告《つ》げた。その声《こえ》はどこかか細《ぼそ》く、切《せつ》なげだった。

この時《とき》、シオンは直感《ちょっかん》したのである。

友人《ゆうじん》の好意《こうい》が、友情《ゆうじょう》を超《こ》えたものではないかということに。


「なにそれ、すっごい素敵《すてき》！」

話《はな》し終《お》わったあとのシオンに、マイとビーナがぐいっと顔《かお》を近《ちか》づけた。

「ちょ、ちょっと？　ビーナ、急《きゅう》に出《で》てこないでよ」

「タイセイは黙《だま》ってなさい！　シオン、あんたはその子《こ》のこと好《す》きなの!?」

「……好《す》きは、好《す》きなんですが」

戸惑《とまど》いながら、答《こた》えるシオン。マイとビーナが抱《だ》き合《あ》って「きゃー！」とはしゃぐ。

「わかったわ、シオンくん。まかせて、二人《ふたり》がうまく行《い》く絶好《ぜっこう》のデートスポットを調《しら》べてあげるから！」

「手伝《てつだ》うわ、マイ！」

女子《じょし》（？）二人《ふたり》がはりきってデート関連《かんれん》のデータを漁《あさ》ろうとするのを、慌《あわ》ててシオンがさえぎった。

「あの、それよりも。実《じつ》はもう少《すこ》し具体的《ぐたいてき》に困《こま》っていることがありまして」

「え、何《なん》なの？」

「ユキに頼《たの》まれてるんです。メタバースでなく一度現実《いちどげんじつ》で会《あ》って欲《ほ》しいって」

「あらやだ、その子大胆《こだいたん》ねえ」

「いいじゃない、一度《いちど》デートしたら」

「その、それが。自分《じぶん》は、直接会《ちょくせつあ》うのはその……」

「ちょっとちょっと、ダメなの？」

「えっと、その。これ以上距離《いじょうきょり》を詰《つ》められるのは……でも、勘違《かんちが》いだと失礼《しつれい》ですし……」

煮《に》え切《き》らないシオンの態度《たいど》に、マイとビーナは顔《かお》を見合《みあ》わせてうなずいた。

「わかった、きっとシオンくんは直接会《ちょくせつあ》うのが恥《は》ずかしいのね。そういうことなら任《まか》せておいて……私《わたし》たちが北海道《ほっかいどう》まで行《い》って、シオンくんをばっちりサポートしてあげるわ！」

「いやいやいや！　いきなり何《なん》てこと言《い》い出《だ》すんだよ、マイ！」

さすがに仰天《ぎょうてん》したリョータが制止《せいし》しようとするが、マイはすわった目《め》で見《み》てくる。

「さっきあんたシオンくんの悩《なや》みを解決《かいけつ》したいって言《い》ったじゃない。それに直接会《ちょくせつあ》って親睦《しんぼく》を深《ふか》めるのは大事《だいじ》って、高輪先生《たかなわせんせい》にも言《い》われたんでしょ？」

「言《い》われたけど、絶対《ぜったい》それが目的《もくてき》じゃないよな!?」

「……というか、僕《ぼく》たちまで巻《ま》き込《こ》まれるのか」

マイとビーナの目的《もくてき》は、カップル誕生《たんじょう》の様子《ようす》を間近《まぢか》で見《み》たいとかそういうものだろうが、この気配《けはい》だと男子《だんし》たち三人《にん》もそれに加《くわ》わるはめになりそうだ。

男一同《おとこいちどう》ため息《いき》を吐《つ》いていると、シオンが口《くち》をはさもうとする。

「あの、実《じつ》は、わた……え？」

不意《ふい》に声《こえ》のトーンが変《か》わった。何《なに》かに耳《みみ》をすましているようだ。

「すみません、おじいちゃんが呼《よ》んでるみたいで……今日《きょう》はこの辺《へん》でいいでしょうか」

「もちろん。早く行ってあげて」

「また今度《こんど》、打《う》ち合《あ》わせしましょ」

タイセイとビーナが手《て》を振《ふ》り、シオンのアバターはその場《ば》から消失《しょうしつ》した。


シオンはゴーグルを外《はず》すと、現実世界《げんじつせかい》の自分《じぶん》の部屋《へや》で立《た》ち上《あ》がった。

ふと、祖父《そふ》の声《こえ》が階下《かいか》から聞《き》こえてくる。

「シオン、少《すこ》し助《たす》けてくれ！」

「うん、今行《いまい》く」

シオンは言葉《ことば》を返《かえ》した。りんとした、それでいておしとやかな声《こえ》を。

ととのった顔立《かおだ》ちの後《うし》ろで、長《なが》い髪《かみ》がさらりと流《なが》れる。

――現実《げんじつ》のシオンの姿《すがた》は、長身《ちょうしん》の少年《しょうねん》ではなく、美《うつく》しい少女《しょうじょ》のものであった。

10話《わ》 本当《ほんとう》の自分《じぶん》

「えええええ!?」

北海道《ほっかいどう》は、新函館北斗駅《しんはこだてほくとえき》にて。

タイセイ、リョータ、アカネ、マイ、ビーナは驚《おどろ》きの表情《ひょうじょう》を浮《う》かべた。

目《め》の前《まえ》で、やや小柄《こがら》だが可憐《かれん》な少女《しょうじょ》が、申《もう》し訳《わけ》なさそうにうつむいている。

「あの、五稜郭《ごりょうかく》シオンです。現実世界《げんじつせかい》では初《はじ》めまして」

「そんな、五稜郭《ごりょうかく》くんは……じゃなくて、五稜郭《ごりょうかく》さんは女《おんな》の子《こ》だったの?」

タイセイは目《め》をまたたかせ、それからみんなの顔《かお》を見渡《みわた》した。

リョータとアカネはぽかんと口《くち》を開《あ》けっぱなしだし、マイとビーナにいたっては白目《しろめ》をむき、口《くち》をぱくぱくとさせている。ショックで言葉《ことば》も出《で》ないのだろう。

先日《せんじつ》、メタバースで再《ふたた》びシオン——確《たし》かに男《おとこ》の姿《すがた》をしていた——と打《う》ち合《あ》わせをした。

そして「一度《いちど》現実世界《げんじつせかい》で氷室《ひむろ》ユキと会《あ》うべき。サポートは自分《じぶん》たちがする」とマイやビーナが押《お》し切《き》り、とうとう北海道《ほっかいどう》でその計画《けいかく》が実行《じっこう》されることになったのだ。

一応《いちおう》、運転士同士《うんてんしどうし》の親睦《しんぼく》ということで、ＥＲＤＡ《エルダ》に話《はなし》は通《とお》してある。高輪《たかなわ》は「実際《じっさい》に会《あ》って、驚《おどろ》かないといいんだがな」とつぶやいていたが、まさかこのことだったとは。

ともあれ新幹線《しんかんせん》——東京《とうきょう》～新函館北斗《しんはこだてほくと》間《かん》を運行《うんこう》する、Ｈ５系《エイチごけい》はやぶさ——に乗《の》って、タイセイたちは北《きた》の地《ち》にやってきたのである。

シオンの恋愛《れんあい》サポートに燃《も》えるマイとビーナだったが、実際《じっさい》にシオンと出会《であ》ってその情《じょう》熱《ねつ》が空回《からまわ》りだったと理解《りかい》し、少《すこ》しの間《あいだ》燃《も》え尽《つ》きていた。

「そっか、女《おんな》の子同士《こどうし》じゃ、実際《じっさい》に会《あ》うの困《こま》るわよね……」

「メタバースでのアバターも、性別《せいべつ》は自由《じゆう》に変《か》えられるもんね……」

沈《しず》みこむ二人《ふたり》に代《か》わって、アカネがシオンに尋《たず》ねる。

「でも、どうして男《おとこ》のアバターを選《えら》んでたんだ？　メタバース登校《とうこう》では、極力《きょくりょく》自分《じぶん》に近《ちか》いアバターを選《えら》ぶのが規則《きそく》だろう？」

「それが……」

シオンが語《かた》るには、ネットでアバターの素材《そざい》となりそうなものを探《さが》している時《とき》に、間違《まちが》えてどこかのアイドル記事《きじ》の画像《がぞう》をポップアップしたらしい。

そこに飼《か》い猫《ねこ》が飛《と》び込《こ》んできてキーボードのキーを打《う》ってしまい、その画像《がぞう》がアバターの素材《そざい》として確定《かくてい》してしまったということだ。

「……漫画《まんが》みてぇな話《はなし》だな」

「返《かえ》す言葉《ことば》もないです」

リョータの言葉《ことば》に、しゅん、となるシオン。

ショックから立《た》ち直《なお》ったのか、マイは咳払《せきばら》いをしてから優《やさ》しい笑《え》みを浮《う》かべる。

「ま、まぁ、驚《おどろ》いたけど仕方《しかた》ないわよね。そういう事情《じじょう》があるなら」

「でも、どうするの。今日《きょう》はそのユキって子《こ》に会《あ》うんでしょ」

「それなんですが……」

ビーナの問《と》いに答《こた》えてから、ふとシオンは真剣《しんけん》な顔《かお》でアカネの方《ほう》を見《み》つめる。

「？　僕《ぼく》がどうかしたのかい？」

「はい、お願《ねが》いがあるんです」

五稜郭公園《ごりょうかくこうえん》は函館市内《はこだてしない》にある、星形《ほしがた》の大《おお》きな公園《こうえん》だ。その入《い》り口《ぐち》に訪《おとず》れた少女《しょうじょ》――氷室《ひむろ》ユキを、タイセイたちは物陰《ものかげ》からこっそり見《み》つめた。

なるほど、シオンの言《い》った通《とお》り可愛《かわい》らしい少女《しょうじょ》だ。中学生《ちゅうがくせい》でもメイクをしっかりとこなしていて、しかもそれが派手《はで》すぎずぴたりと決《き》まっている。

そんな彼女《かのじょ》は、どこかうっとりとした顔《かお》で、周囲《しゅうい》を見渡《みわた》している。「五稜郭《ごりょうかく》シオン」が来《く》るのを、明《あき》らかに待《ま》ちわびていた。

アカネは隣《となり》にいるシオンに、こっそりと確認《かくにん》した。

「本当《ほんとう》にいいのかい？　自分《じぶん》で伝《つた》えなくて」

「いいんです。わたしが現《あらわ》れたら、きっと混乱《こんらん》させてしまうので」

「しかし……」

「嫌《きら》われたくないんです……唯《ゆい》一《いっ》出来《でき》た友達《ともだち》ですから」

思《おも》いつめた顔《かお》でうったえるシオン。

アカネは小《ちい》さく息《いき》を吐《は》くと、やがて氷室《ひむろ》ユキに向《む》かって歩《ある》き出《だ》した。

「あの……氷室《ひむろ》ユキさんだね？」

声《こえ》をかけられたユキは、最初《さいしょ》はシオンだと思《おも》ったのだろう。振《ふ》り返《かえ》って微笑《ほほえ》みを浮《う》かべかけた。が、声《こえ》の主《ぬし》たるアカネを見《み》て、うたがわしそうに眉《まゆ》をよせる。

「はあ？　アンタ誰《だれ》？」

「僕《ぼく》はフォールデン アカネ。シオンとはアスリート仲間《なかま》なんだ」

「え、しーたんの？　アスリート仲間《なかま》？」

「そう、あっちは古武道《こぶどう》、こっちは陸上《りくじょう》でね」

見守《みまも》っていたマイが「それでアスリートって雑《ざつ》なくくりね」とあきれた声《こえ》を上《あ》げたが、ユキは納得《なっとく》したらしい。「そのアスリート仲間《なかま》が何《なに》を？」と尋《たず》ねる。

「実《じつ》は、シオンから伝言《でんごん》を預《あず》かっているんだ」

「え……」

何《なに》かを察《さっ》したのだろう、ユキの瞳《ひとみ》がゆれる。

アカネは一瞬《いっしゅん》ためらったが、やがて思《おも》い切《き》ったように口《くち》にした。

「『直接会《ちょくせつあ》って話《はなし》がしたいけど、言《い》いだしにくい』とシオンから相談《そうだん》されてね。だから代《か》わりに僕《ぼく》が伝《つた》えに来《き》たんだ」

「……！」

「『本当《ほんとう》はリアルで会《あ》いたかったけど、またメタバースの教室《きょうしつ》で会《あ》おう』って」

それはつまり、直接会《ちょくせつあ》うのに抵抗《ていこう》があるということだ。

ユキはうつむき、しばらく黙《だま》っていたが、やがて顔《かお》をあげて明《あか》るく告《つ》げた。

「ははっ、なぁんだ。そのくらい直接言《ちょくせつい》ってくれればいいのに……でも、しーたんからしたらいい迷惑《めいわく》かぁ！　好《す》きでもないネット上《じょう》の相手《あいて》とリアルで会《あ》うなんて、そりゃあ来《く》るわけないよね！」

無理矢理《むりやり》に笑《わら》っているが、傷《きず》ついているのは一目瞭然《いちもくりょうぜん》だ。遠《とお》くから見《み》ているタイセイたちでも気《き》の毒《どく》になるほど、ショックを受《う》けている。

アカネはそんな彼女《かのじょ》を見《み》ていたが、やがて視線《しせん》を外《はず》すとぽつりとつぶやいた。

「……怖《こわ》かったんじゃないかな。本当《ほんとう》の自分《じぶん》を見《み》せるのが」

「え……？」

「写真《しゃしん》と現実《げんじつ》で印象《いんしょう》が違《ちが》う景色《けしき》ってあるだろう？　人間《にんげん》だって同《おな》じだよ。アバターと生身《なまみ》で印象《いんしょう》が違《ちが》う事《こと》だってある。たぶんシオンは恐《おそ》れてるんだ。本当《ほんとう》の自分《じぶん》を受《う》け入《い》れてもらえなかったらどうしよう、って」

「受《う》け入《い》れないなんて、そんな事《こと》あるわけ――」

「ない、とは言《い》い切《き》れないんじゃない？」

その言葉《ことば》は、冷《つめ》たくも説得力《せっとくりょく》があった。

ユキは押《お》し黙《だま》って、再《ふたた》びうつむいてしまう。想像《そうぞう》したのだろう、シオンがもしも理想通《りそうどお》りの外見《がいけん》でなかったらと。そして、それを自分《じぶん》はどう扱《あつか》うのかと。

「しーたん……」

ユキのつぶやきはか細《ぼそ》く、澄《す》んだ空気《くうき》に溶《と》けるかのようだった。

「ユキ……」

タイセイたちと場《ば》をずっと見守《みまも》っていたシオンが、気遣《きづか》わしげな声《こえ》を上《あ》げた。

自分《じぶん》の頼《たの》んだことはいえ、そして本当《ほんとう》のことはいえ、ユキが傷《きず》つくのを黙《だま》って見《み》ていられない。

彼女《かのじょ》が物陰《ものかげ》から、思《おも》わず一歩《いっぽ》踏《ふ》み出《だ》した——その時《とき》。

「なになに、彼女《かのじょ》〜？　もしかして彼氏《かれし》と喧嘩中《けんかちゅう》？」

「俺《おれ》たちが話聞《はなしき》こっか？」

二人組《ふたりぐみ》の男《おとこ》が現《あらわ》れ、ニヤニヤしながらユキに話《はな》しかけてきた。

制服《せいふく》からして男子高校生《だんしこうこうせい》だろう。下心丸出《したごころまるだ》しな目《め》をしている。

突然《とつぜん》のことに硬直《こうちょく》したユキを、アカネは素早《すばや》くかばった。

「遠慮《えんりょ》しとくよ。ユキ君《くん》、行《い》こう」

そして腕《うで》を引《ひ》っ張《ぱ》って歩《ある》きだそうとしたが、それより早《はや》く男子高校生《だんしこうこうせい》が立《た》ちふさがる。

「おい、待《ま》てよ。無視《むし》してるんじゃねぇ」

そして、一人《ひとり》がアカネの胸《むな》ぐらを掴《つか》む。

その間《あいだ》にもう一人《ひとり》が、ユキの手《て》を引《ひ》っ張《ぱ》って強引《ごういん》に連《つ》れて行《い》こうとした。

「あっちでゆっくり話《はなし》を聞《き》こうか。大丈夫《だいじょうぶ》、俺《おれ》たち話聞《はなしき》くのうまいし～」

「いや、離《はな》して！」

ユキが悲鳴《ひめい》を上《あ》げ、アカネが怒《いか》りに顔《かお》をしかめる。

――そこに、小《ちい》さな影《かげ》が走《はし》った。

「その手《て》を離《はな》してください！」

「え？」

ユキの手《て》を掴《つか》んでいる男《おとこ》が驚《おどろ》く間《ま》もあればこそ、影《かげ》――シオンはその腕《うで》を強《つよ》くはたいて、ユキを離《はな》させることに成功《せいこう》する。

「何《なに》をする……うわっ？」

シオンにつかみかかった男《おとこ》だが、シオンはすばやく身《み》をかわすと、男《おとこ》の足《あし》にしなやかな蹴《け》りをたたき込《こ》んだ。

同時《どうじ》にアカネがもう一人《ひとり》の手首《てくび》をつかみ、後《うし》ろに回《まわ》してねじり上《あ》げる。

二人《ふたり》は同時《どうじ》に「痛《いた》っ」と悲鳴《ひめい》を上《あ》げてから、突《つ》き放《はな》され、地面《じめん》に尻《しり》もちをついた。

「て、てめぇら、何《なに》しやがる！」

「中学生《ちゅうがくせい》をナンパするなんて、最低《さいてい》ですね」

「な、何《なん》だと……」

シオンの言葉《ことば》に目《め》をつり上《あ》げかけたが、周《まわ》りが「なに？ナンパ？」「相手《あいて》、中学生《ちゅうがくせい》だって」「誰《だれ》か警備員《けいびいん》呼《よ》んで」と騒《さわ》ぎ出《だ》したので、それ以上《いじょう》の反撃《はんげき》もできなかった。

男《おとこ》たちは立《た》ち上《あ》がると、一目散《いちもくさん》に逃《に》げていく。

「やるじゃん、二人《ふたり》とも」

陰《かげ》ですべてを見届《みとど》けていたリョータがつぶやいた。タイセイもマイもうなずく。

シオンは「ふぅ」と息《いき》を吐《は》いてから、腰《こし》を抜《ぬ》かして座《すわ》り込《こ》んでいたユキに手《て》をのばした。

「大丈夫《だいじょうぶ》ですか、怪我《けが》は？」

――その言葉《ことば》としぐさに。

ユキは「あ」と短《みじか》くつぶやいて、シオンを見《み》た。

シオンも、はっ、と気《き》づいた。この行動《こうどう》は以前《いぜん》にメタバース内《ない》で行《おこな》ったものだ。

しばらく二人《ふたり》は無言《むごん》で見《み》つめ合《あ》ったが、やがてユキが首《くび》をゆっくり振《ふ》ってつぶやいた。

「まさか、しーたん……？　え……」

「こ、これは……その……」

シオンは必死《ひっし》に言葉《ことば》を探《さが》した。

だが、どう言《い》いつくろっても、目《め》の前《まえ》の親友《しんゆう》が受《う》けた傷《きず》を癒《い》やすことはできない。

言葉《ことば》に悩《なや》んでいるのはユキも同様《どうよう》らしく、まるで彫像《ちょうぞう》のように固《かた》まったまま、じっとシオンの目《め》を見《み》ている。

その瞳《ひとみ》は、涙《なみだ》で濡《ぬ》れていた。たぶん、自分《じぶん》のそれも。

「ユキ……わたしは」

だが、シオンが何《なに》か言《い》う前《まえ》に。

ユキはすべてをこばむように目《め》を強《つよ》く閉《と》じ、立《た》ち上《あ》がると無言《むごん》で走《はし》り去《さ》る。

シオンは何《なに》も言《い》わずそれを見送《みおく》った。何《なに》も言《い》えない自分《じぶん》が歯《は》がゆかった。

「五稜郭《ごりょうかく》さん……」

いたたまれない姿《すがた》に、タイセイが何《なに》か声《こえ》をかけようとする。

突然《とつぜん》、彼《かれ》のスマートフォンから非常事態《ひじょうじたい》をしらせる警告音《けいこくおん》が鳴《な》り響《ひび》いた。

「え、アンノウン!? こんな時《とき》に!」

タイセイの叫《さけ》び声《ごえ》は、他《ほか》のメンバーにも届《とど》いたようだ。

当然《とうぜん》、ぼんやり立《た》ちつくすシオンの耳《みみ》にも。

一瞬迷《いっしゅんまよ》ったものの、シオンは振《ふ》り返《かえ》ってうなずく。それをきっかけに、一同《いちどう》はすぐさま駆《か》けだした。

今回《こんかい》も万《まん》が一《いち》にそなえ、高輪《たかなわ》はＥＲＤＡ《エルダ》北海道本部《ほっかいどうほんぶ》にＥ５《イーファイブ》、Ｅ６《イーシックス》、Ｅ７《イーセブン》を運《はこ》んでいた。

シオンのＨ５《エイチファイブ》も含《ふく》め、運転士《うんてんし》たちは早速出発《さっそくしゅっぱつ》する。

ユキのことを思《おも》っているのか、黙《だま》りこくっているシオンにアカネが声《こえ》をかける。

「シオン、早《はや》くあのアンノウンを倒《たお》そう」

「早《はや》く……？」

「そうだ。ここでひとり思《おも》い悩《なや》んだってなにも解決《かいけつ》しないだろう。だったら早《はや》くあのアンノウンを倒《たお》して、ユキ君《くん》に会《あ》いに行《い》ったらどうだい？」

「会《あ》いに行《い》く……はい！　わたし、あいつを倒《たお》します！」

決意《けつい》にうなずくシオン。

一方《いっぽう》、タイセイも運転席《うんてんせき》で考《かんが》え事《ごと》をしていた。

ＥＲＤＡ《エルダ》北海道本部《ほっかいどうほんぶ》の室長《しっちょう》の話《はなし》によれば、アンノウンの出現場所《しゅつげんばしょ》は新函館北斗駅付近《しんはこだてほくとえきふきん》とのことらしい。

そしてタイセイは小《ちい》さい時《とき》、北海道《ほっかいどう》に家族《かぞく》で旅行《りょこう》に訪《おとず》れたことがあった。もちろん姉《あね》も一緒《いっしょ》だ。

またも姉《あね》との思《おも》い出《で》の地《ち》にアンノウンが現《あらわ》れたので、タイセイは嫌《いや》な予感《よかん》を覚《おぼ》えた。

やがて、シンカリオンはキャプチャーウォールへと突入《とつにゅう》する！

「「「チェンジ、シンカリオン！」」」

四体《たい》のシンカリオンがそれぞれ人型《ひとがた》へと変形《へんけい》し、同時《どうじ》に射出《しゃしゅつ》されたエルダビークルと合《がっ》体《たい》していく。

Ｅ５《イーファイブ》はやぶさはエルダトレーラーと、Ｅ７《イーセブン》かがやきはエルダドリルと、Ｅ６《イーシックス》こまちはエルダトップリフターと。

そして、Ｈ５《エイチファイブ》はやぶさは。

「エルダドーザー、ビークル合体《がったい》！」

シオンの声《こえ》とともに、エルダドーザー——除雪車型《じょせつしゃがた》の大型《おおがた》ビークルと合体《がったい》。

巨大《きょだい》な腕《うで》を持《も》つ、パワフルなロボットになった。

『シンカリオン　Ｈ５《エイチファイブ》はやぶさドーザーフォーム』

電子音《でんしおん》が流《なが》れ、H5《エイチファイブ》はやぶさドーザーフォームはキャプチャーウォールに降《お》り立《た》つ。

そこで暴《あば》れていたのは、腕《うで》にトゲ付《つ》きの鉄線《てっせん》を巻《ま》いたアンノウンだった。

アンノウンはシンカリオンたちを見《み》るやいなや、E5《イーファイブ》とE7《イーセブン》に突撃《とつげき》してきた。

「よっしゃ、来《こ》い！」

受《う》けて立《た》つE5《イーファイブ》とE7《イーセブン》。アンノウンのパンチは大振《おおぶ》りだった。威力《いりょく》はありそうだが、受《う》け止《と》めることは可能《かのう》だ。

実際《じっさい》、タイセイもリョータも、その攻撃《こうげき》を受《う》けることには成功《せいこう》したのだ。

だが、いきなり腕《うで》の鉄線《てっせん》が閃光《せんこう》を発《はっ》したかと思《おも》うと、大《おお》きな爆発《ばくはつ》を引《ひ》き起《お》こした。

「「うわあああああ!?」」

悲鳴《ひめい》を上《あ》げ、衝撃《しょうげき》に打《う》ちのめされるタイセイとリョータ。

そこに両足《りょうあし》をそろえてのアンノウンの蹴《け》りが、鮮《あざ》やかに決《き》まった。E5《イーファイブ》、E7《イーセブン》は派手《はで》に吹《ふ》き飛《と》ばされる。

「先輩《せんぱい》！　はあああああああ！」

シオンは叫《さけ》ぶと、単身《たんしん》アンノウンへと突進《とっしん》していく。

その腕《うで》につかみかかったが、アンノウンも体《からだ》をたくみに動《うご》かしてよけていった。

アカネは大型拳銃《おおがたけんじゅう》でそれを援護《えんご》しようとしたが、下手《へた》に撃《う》てばシオンにも当《あ》たりそうなために、なかなか攻撃《こうげき》ができなかった。

「シオン、一度《いちど》そいつから離《はな》れろ！」

だが、その言葉《ことば》と同時《どうじ》に、敵《てき》の腕《うで》がＨ５《エイチファイブ》を抱《だ》きかかえてしまった。

鉄線《てっせん》から、無数《むすう》の閃光《せんこう》が炸裂《さくれつ》する――！

「……きゃあああっ！」

「五稜郭《ごりょうかく》さん！」

叫《さけ》ぶタイセイの目《め》の前《まえ》で、Ｈ５《エイチファイブ》は爆発《ばくはつ》に包《つつ》まれ見《み》えなくなった。

煙《けむり》が晴《は》れたあと、そこに立《た》っていたのは、ボロボロになったＨ５《エイチファイブ》の姿《すがた》だった。

「シオン、大丈夫《だいじょうぶ》か！」

アカネが焦《あせ》った声《こえ》を上《あ》げる。だが。

「わたし、は――」

「え？」

彼《かれ》も、そしてリョータもタイセイも驚《おどろ》いた。

あれだけのダメージを受《う》けておきながら、H5《エイチファイブ》はゆらりと動《うご》き出《だ》すと、アンノウンの腕《うで》を、ガシッ、とつかんだからだ。

執念《しゅうねん》を感《かん》じさせる行動《こうどう》に、気《き》のせいかアンノウンの顔《かお》にもあせったような色《いろ》が見《み》える。

そして、シオンは腹《はら》の底《そこ》から叫《さけ》んだ。

「わたしは、あなたを倒《たお》してユキに会《あ》いに行《い》く……だから、邪魔《じゃま》しないで！」

H5《エイチファイブ》はやぶさドーザーフォームが、アンノウンの腕《うで》を取《と》って背面《はいめん》に回《まわ》った。

かと思《おも》うと、掴《つか》んだ腕《うで》を軸《じく》に体《からだ》を一回転《いっかいてん》させ、勢《いきお》いで床《ゆか》に沈《しず》めてしまう。

「ドーザーハイドアーム――五稜郭《ごりょうかく》デスティーノ！」

シオンの叫《さけ》び声《ごえ》とともに、アンノウンの全身《ぜんしん》からきしんだ音《おと》が響《ひび》き渡《わた》る！

同時《どうじ》に、衝撃《しょうげき》でかなりのダメージを受《う》けていたらしく、アンノウンは爆発《ばくはつ》した。

床《ゆか》の上《うえ》で座《すわ》ったまま、胸《むね》を殴《なぐ》って雄叫《おたけ》びをあげるH5《エイチファイブ》を見《み》てリョータが感心《かんしん》した。

「五稜郭流《ごりょうかくりゅう》、超《ちょう》かっけぇ！」

「いや、今《いま》のは古武道《こぶどう》というよりプロレスの技《わざ》では……？」

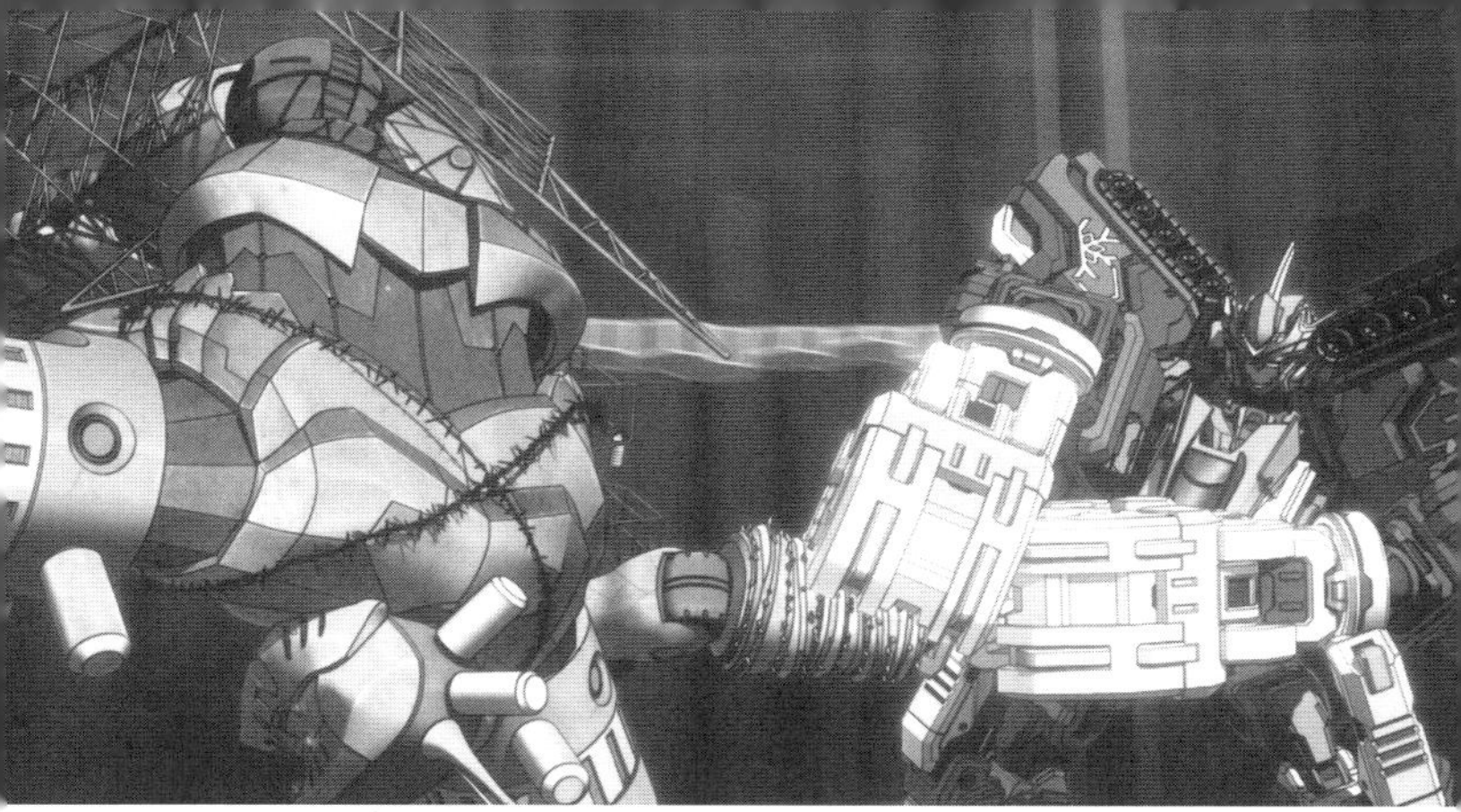

アカネはツッコミを入《い》れたが、とりあえずアンノウンは倒《たお》せたので「まぁいいか」と笑《わら》うのだった。

アンノウンは倒《たお》れた。タイセイもほっと一安心《ひとあんしん》し、シオンのH5《エイチファイブ》を見《み》つめる。

「やったね、五稜郭《ごりょうかく》さん……」

その時《とき》だった。

――タ、イ、セ、イ。

突然《とつぜん》、女性《じょせい》の声《こえ》が耳《みみ》に響《ひび》いて、タイセイは目《め》を大《おお》きく開《ひら》いた。

気《き》のせい、ではない。確《たし》かに聞《き》こえてきた声《こえ》。聞《き》き覚《おぼ》えがある。

「今《いま》の声《こえ》は、まさか……！」

アンノウンを倒《たお》した、次《つぎ》の日《ひ》。

シオンは緊張《きんちょう》した面持《おもも》ちで、ユキと向《む》き合《あ》っていた。

ユキの自宅《じたく》のユキの部屋《へや》である。周《まわ》りにはポスターがいっぱい飾《かざ》ってあって、そのどれもがシオンがアバターに選《えら》んだあのアイドルのものだった。

「ドン引《び》きしたっしょ？」

ベッドの上《うえ》のユキは笑《わら》いながら、シオンに自分《じぶん》の隣《となり》に座《すわ》るようすすめる。

シオンが腰《こし》かけると、どこかさっぱりした顔《かお》でつぶやいた。

「もう分《わ》かったと思《おも》うけど……そっくりだったの。しーたんのアバターとウチの推《お》しが。だから最初《さいしょ》、しーたんを見《み》た時《とき》、めちゃくちゃテンション上《あ》がって。推《お》しが近《ちか》くに来《き》たんだって……でも、違《ちが》ったね」

「……うん」

「アカネ君《くん》に言《い》われたんだけどさ。『写真《しゃしん》と現実《げんじつ》で印象《いんしょう》が違《ちが》うように、アバターと生身《なまみ》で印象《いんしょう》が違《ちが》う事《こと》だってある』って。本当《ほんとう》、その通《とお》りだよね。それなのに、勝手《かって》にテンション上《あ》がって、勝手《かって》に好《す》きになって、勝手《かって》に傷《きず》ついて逃《に》げちゃって……ごめん」

深々《ふかぶか》と頭《あたま》を下《さ》げるユキに、シオンは慌《あわ》てて手《て》を振《ふ》った。

「わたしの方《ほう》こそ、嘘《うそ》をつく形《かたち》になってごめん。でも、ユキに嫌《きら》われたくなくて。友達《ともだち》をやめたくなくて、これからもずっと一緒《いっしょ》にいたくて。だから……」

色々《いろいろ》言葉《ことば》を探《さが》したあげく、シオンは目《め》をつぶって自分《じぶん》の思《おも》いをぶつけた。

「だから、お願《ねが》い。わたしと……わたしともう一度《いちど》、友達《ともだち》になって！」

「何《なに》言《い》ってるの」

あきれたような声《こえ》。シオンは、絶望《ぜつぼう》に目《め》を開《ひら》く。

だが、追《お》いかけてきたのは温《あたた》かい言葉《ことば》だった。

「ウチら、ずっと友達《ともだち》じゃん。ね、『シオン』」

「……う、うん！」

そして、二人《ふたり》は微笑《ほほえ》みあうと、ぎゅっと手《て》を握《にぎ》り合《あ》った。

――と、しばらくして。ユキが楽《たの》しそうに言葉《ことば》をはずませる。

「ところでさ、アカネ君《くん》って結構《けっこう》イケてたよね？」

「え、うん？」

「……今《いま》、彼女《かのじょ》とかいるのかな？」

にんまりしてからのセリフに、「え？」とシオンは汗《あせ》を浮《う》かべた。


しばらくして、アバターを自分《じぶん》の姿《すがた》に変更《へんこう》することができたシオンは、改《あらた》めて進開学園《しんかいがくえん》鉄道部《てつどうぶ》のメタバース部室《ぶしつ》を訪《おとず》れていた。

だが、その顔《かお》はあまり晴《は》れやかとはいえない。少《すこ》しむくれている。

それというのも。

「やっと本来《ほんらい》の姿《すがた》にもどって友達《ともだち》になれたのに、どうして毎日毎日《まいにちまいにち》アカネさんのことばっかり聞《き》かされなきゃいけないんですか」

「それは僕《ぼく》じゃなくて、ユキ君《くん》に言《い》うべきでは……？」

「ユキに言《い》ったって仕方《しかた》ないんです。アカネさん、もう少《すこ》しユキから自分《じぶん》の存在《そんざい》を消《け》すようにできませんか？」

「無茶《むちゃ》なことを言《い》うね、君《きみ》は」

親友《しんゆう》がアカネに夢中《むちゅう》なので、シオンとしては面白《おもしろ》くないのだ。

ほとんど八《や》つ当《あ》たり気味《ぎみ》にアカネに抗議《こうぎ》をし、アカネも珍《めずら》しくたじたじとなっている。

「今日《きょう》も平和《へいわ》ねぇ」と満足《まんぞく》そうにマイがお茶《ちゃ》を飲《の》み、その隣《となり》でリョータが「女《おんな》ってよくわかんねぇな」と肩《かた》をすくめる。確《たし》かに平和《へいわ》だ。

——そんな中《なか》で、タイセイだけが一人《ひとり》暗《くら》い顔《かお》をしていた。

(あの声《こえ》は……)

アンノウン撃破後《げきはご》に、E5《イーファイブ》の運転席《うんてんせき》の中《なか》にだけ響《ひび》いた声《こえ》が、耳《みみ》に残《のこ》っている。

それはきっと、二年間《ねんかん》ずっと捜《さが》していた声《こえ》だ。

(あれは間違《まちが》いなく姉《ねえ》ちゃんだった……？　でもどうして、姉《ねえ》ちゃんが……)

11話《わ》

姉《あね》の幻影《げんえい》

「え、三人四脚《にんきゃく》リレー？　そんなのあるの？」

「あ、そっか。お前《まえ》、転校《てんこう》してきたばっかだもんな」

とある休《やす》み時間《じかん》。

２―A《エー》の教室《きょうしつ》で、タイセイはリョータからある誘《さそ》いを受《う》けていた。

それが、今度《こんど》開《ひら》かれる体育祭《たいいくさい》の「三人四脚《にんきゃく》」に一緒《いっしょ》に出《で》ようというものである。

「うちの体育祭《たいいくさい》の名物競技《めいぶつきょうぎ》でさ。リレー形式《けいしき》でレースするんだぜ」

「これが意外《いがい》と盛《も》り上《あ》がるのよねー」

近《ちか》くにいたマイも、どこか楽《たの》しそうにうなずく。「そ、そうなんだ」とタイセイはつぶやいた。正直《しょうじき》、運動《うんどう》はあまり得意《とくい》ではないので、その気持《きも》ちは理解《りかい》しにくい。

「クラスから三組《くみ》、立候補者《りっこうほしゃ》を募《つの》ってるんだよ。タイセイ、やろうぜ！」

「べ、別《べつ》にいいけど……残《のこ》りの一人《ひとり》は？」

「決《き》まってるだろ」

リョータは笑《わら》って、アカネの方《ほう》を親指《おやゆび》で示《しめ》した。

すべて聞《き》いていたらしく、ふっ、と微笑《びしょう》を浮《う》かべる。

「まったく……足《あし》を引《ひ》っ張《ぱ》らないでくれよ」

「おいおい、それはこっちのセリフだろぉ？」

「僕《ぼく》を誰《だれ》だと思《おも》ってる。走《はし》る事《こと》に関《かん》しては僕《ぼく》に任《まか》せてもらいたいね」

言《い》い合《あ》う二人《ふたり》だが、お互《たが》い悪《わる》い気《き》はしていないらしく表情《ひょうじょう》はほころんでいた。

そんな彼《かれ》らを見《み》て、クラスメートたちは興味《きょうみ》半分《はんぶん》、納得《なっとく》半分《はんぶん》といった表情《ひょうじょう》を浮《う》かべる。

「あいつら最近《さいきん》、仲良《なかい》いよな」

「案外《あんがい》イケるんじゃね？」

「九頭竜《くずりゅう》ずるい、アカネくんとなんてぇ！　私《わたし》が代《か》わりたい！」

「いやいやそれは無理《むり》っしょ」

などなど、にぎやかな声《こえ》が飛《と》び交《か》う。

リョータもアカネも、みんなの注目《ちゅうもく》を浴《あ》びてまんざらでもない顔《かお》をしていた。

だが――当事者《とうじしゃ》の残《のこ》る一人《ひとり》だけは、ぼんやりとしていてその騒《さわ》ぎを聞《き》いていなかった。

（あの声《こえ》、どうして記録《きろく》に残《のこ》ってなかったんだろう……）

実《じつ》はタイセイは、リョータに誘《さそ》いを受《う》ける前《まえ》から――いや、ここ数日《すうじつ》の間《あいだ》ずっと、こんな考《かんが》えごとをしていたのである。

『あの声《こえ》』とは言《い》うまでもなく、前《まえ》の戦《たたか》いでE5《イーファイブ》の中《なか》に響《ひび》いてきた姉《あね》の声《こえ》だ。

気《き》になったタイセイは、高輪《たかなわ》に頼《たの》んでE5《イーファイブ》の戦闘記録《せんとうきろく》をチェックしてもらった。

――もう一度《いちど》姉《ねえ》ちゃんの声《こえ》を聞《き》けば、何《なに》かわかるかもしれない。

だが、期待《きたい》に反《はん》して、そのような記録《きろく》は残《のこ》っていなかったのである。

（あれは聞《き》き間違《まちが》えだった？　ううん、そんなはずはない、僕《ぼく》ははっきり聞《き》いたんだ。

ビーナだって聞《き》いたって言《い》ってたし）

だが、どうしてあのキャプチャーウォールの中《なか》で、イナの声《こえ》が聞《き》こえたのだろう。

あそこに立《た》ち入《い》りできるのはシンカリオン、もしくは捕獲《ほかく》されたアンノウンだけだ。

イナはシンカリオンに乗《の》ってはいなかったのだから、可能性《かのうせい》は一《ひと》つになる。

（まさか、姉《ねえ》ちゃん……アンノウンに関《かか》わって……？）

タイセイが、思《おも》いつめた顔《かお》をしたその時《とき》。

「タイセイ、おいタイセイ？」

「え？」

「だから、俺《おれ》らのことカッちゃんに申《もう》し込《こ》んでおくぞ。いいよな？」

「……う、うん」

それが「三人《にん》四脚《きゃく》リレー」のことだと、タイセイは数秒《すうびょう》してから理解《りかい》した。

アカネが肩《かた》をすくめてたずねる。

「どうしたんだい、反応《はんのう》がにぶいけど。何《なに》か考《かんが》えごとでも？」

「い、いや、そうじゃないよ」

「にゃはは、『三人《にん》四脚《きゃく》』のことで緊張《きんちょう》してるんだろ。安心《あんしん》しろよ、俺《おれ》とアカネでばっちりフォローしてやるからさ！」

リョータが派手《はで》に胸《むね》を叩《たた》いてから、「じゃぁ早速《さっそく》放課後《ほうかご》に練習《れんしゅう》だ！」と宣言《せんげん》する。

それにマイが「待《ま》った」をかけた。

「今日《きょう》は先《さき》に鉄道部《てつどうぶ》に来《き》なさいよ」

「はぁ？　そんなの練習《れんしゅう》の後《あと》でいいだろ？」

「ダメ、約束《やくそく》してるんだから」

「……約束《やくそく》？」

けげんそうに首《くび》をかしげる三人《にん》の前《まえ》で、マイは意味《いみ》ありげに笑《わら》ってみせた。


放課後《ほうかご》になって、マイ、リョータ、タイセイ、アカネの鉄道部四人《てつどうぶよにん》は、部室《ぶしつ》に入《はい》った。

現実《げんじつ》の小《ちい》さい方《ほう》ではなく、メタバースにある広々《ひろびろ》とした部屋《へや》である。

そこで待《ま》っていた男女二人《だんじょふたり》のアバターが、手《て》を振《ふ》ってくる。

「みなさん……お久《ひさ》しぶりです」

「先輩《せんぱい》、お待《ま》ちしていました！」

「五稜郭《ごりょうかく》さん、魚虎《うおとら》くんも！」

タイセイが喜《よろこ》びの声《こえ》をあげる。リョータも嬉《うれ》しそうに二人《ふたり》のもとへと駆《か》け寄《よ》った。

「お？　お前《まえ》ら！　久《ひさ》しぶりだな。特《とく》にテン！　元気《げんき》してたか？」

「リョータ先輩《せんぱい》もお変《か》わりないようで」

「何《なん》の何《なん》の。テン、友達《ともだち》とは仲直《なかなお》りできたのか？」

「……えっと、はい」

照《て》れくさそうに笑《わら》うテンに、リョータはふんぞり返《かえ》ってみせた。

「それは良《よ》かった！　これもひとえに俺《おれ》のおかげだな、なんて！　にゃはは！」

「ちょっと、何《なに》えらそうにしてるのよ……というか、テンくううん、今日《きょう》も可愛《かわい》いわねぇ？

ああ、推《お》しが愛《いと》しすぎて尊《とうと》い……」

「わ、わわっ？」

ビーナも現《あらわ》れて、リョータと一緒《いっしょ》にテンをもみくちゃにする。

そんな彼《かれ》らにアカネは肩《かた》をすくめると、マイを横目《よこめ》で見《み》た。

「なるほどね。約束《やくそく》とはこういう事《こと》か」

「みんなを驚《おどろ》かせようと思《おも》ってね。運転士《うんてんし》が一斉《いっせい》に集《あつ》まるの、初《はじ》めてでしょ？　みんなの結束力《けっそくりょく》を高《たか》めるのが狙《ねら》いよ」

部長《ぶちょう》らしいことを言《い》って、少《すこ》し得意《とくい》がるマイ。

ふと、シオンが首《くび》をかしげた。

「それで、具体的《ぐたいてき》には何《なに》をするんです？」

「……えっと」

「何《なん》だよマイ、何《なに》も決《き》めてないのかよ？」

「仕方《しかた》ないでしょ、メタバースじゃできることなんて限《かぎ》られてるんだから」

珍《めずら》しくリョータにツッコミを入《い》れられて、マイはむくれた。

リョータは「しゃあねぇな」と笑《わら》っていたが、やがて思《おも》いついたように手《て》を叩《たた》く。

「だったらさ、こういうのはどうだ」

数分後《すうふんご》、マイとビーナとテンとシオンは、ぼうぜんと目《め》の前《まえ》の光景《こうけい》をながめていた。

目《め》の前《まえ》ではタイセイを真《ま》ん中《なか》に、左右《さゆう》にリョータとアカネが立《た》っている。その足《あし》はテープで結《むす》ばれていた。

「……なんで『三人《にん》四脚《きゃく》』の練習《れんしゅう》なのよ。今《いま》じゃなくて良《よ》くない？」

「別《べつ》にいいだろ？　こっちは早《はや》いトコ慣《な》れときたいんだよ」

マイの疑問《ぎもん》にからっとした口調《くちょう》でリョータが答《こた》える。

アカネもタイセイも、彼《かれ》ほど積極的《せっきょくてき》でないにしろ、練習《れんしゅう》に関《かん》しては異論《いろん》はなかった。

一方《いっぽう》のテンとシオンは面白《おもしろ》そうに、三人《にん》の姿《すがた》を見《み》ている。

「大宮校《おおみやこう》の体育祭《たいいくさい》って、面白《おもしろ》い事《こと》やるんですね」

「うん、楽《たの》しそうかな」

「だろ～？　今《いま》から歩《ある》いてみるからさ、何《なに》かアドバイスとかあったらくれよな。さてと、それじゃタイセイ……」

「いいかい、タイセイ。僕《ぼく》が『1、2』と声《こえ》をかける。それに合《あ》わせて右足《みぎあし》から動《うご》かしていくんだ」

「う、うん」

「って、おい、アカネ。人《ひと》を無視《むし》してなに勝手《かって》に仕切《しき》ってんだよ！」

「言《い》ったはずだ、陸上《りくじょう》に関《かん》しては僕《ぼく》に任《まか》せてほしいと」

そしてリョータは歯《は》をむき、アカネはすました顔《かお》でにらみあう。

マイが「はいはい、けんかしない」と手《て》を打《う》ってそれを制止《せいし》した。

「とりあえずリョータ、アカネくんに合《あ》わせなさいよ。専門家《せんもんか》の意見《いけん》は大事《だいじ》だし、あんた合《あ》わせるの得意《とくい》でしょ」

「む、むぅ……そういうことなら」

「じゃ、そういうことで。スタートの合図《あいず》出《だ》すわよ……用意《ようい》、ドン！」

そして、合図《あいず》をきっかけに三人《にん》は足踏《あしぶ》みを開始《かいし》する。

「「「1、2、1、2、1、2」」」

タイミングを合《あ》わせてから、次《つぎ》は前《まえ》に進《すす》み出《だ》した。

初《はじ》めてにしては、三人《にん》とも息《いき》ぴったりだったと言《い》える。順調《じゅんちょう》にしばらく進《すす》んで——そして、途中《とちゅう》で転《ころ》びかけた。

「お、おっとぉ！」

「……リョータ、タイミング間違《まちが》えただろう？」

「へ？　俺《おれ》のせいかよ？」

「い、いや、今《いま》のは僕《ぼく》が……」

「まぁまぁ。でもあんたたち、悪《わる》くなかったわよ。もっと練習《れんしゅう》が必要《ひつよう》だけどね」

珍《めずら》しくビーナがフォローしてくれる。

アカネとリョータも顔《かお》を見合《みあ》わせた。その表情《ひょうじょう》は、まんざらでもない。

「じゃ、もっかいやってみるか」

「だね。今度《こんど》はリズムを合《あ》わせてくれよ」

「リズム……」

ふと、シオンが手《て》を挙《あ》げて言《い》う。

「だったら、いっそ歌《うた》に合《あ》わせて走《はし》ったらどうですか？」

「歌《うた》？」

「うん……悪《わる》くないかな。リズミカルに、タイミング良《よ》く走《はし》れそうだね」

アカネが納得《なっとく》したようにうなずいた。

問題《もんだい》はどのような歌《うた》で走《はし》るかだが、これにはマイがアイデアを持《も》っていた。

「じゃあ鉄道部《てつどうぶ》らしく『線路《せんろ》は続《つづ》くよどこまでも』で走《はし》るとか、どう？」

「んだよそれ、だっせーチョイス……」

「ああん？」

「……ってアカネが言《い》ってたぜ。にゃ、にゃははは」

マイに三角《さんかく》の目《め》でにらまれて、すごすごとアカネの背《せ》に隠《かく》れるリョータ。アカネは肩《かた》をすくめながら「巻《ま》き込《こ》まないでくれるかな」とぼやいた。

ともあれ、三人《にん》はテープをきっちり結《むす》び直《なお》すと、今度《こんど》は『線路《せんろ》は続《つづ》くよどこまでも』で動《うご》き出《だ》す。

「「「せ〜んろはつづく〜よ、ど〜こまでも〜」」」

これが意外《いがい》と効果《こうか》を発揮《はっき》し、三人《にん》はさっきよりスムーズに動《うご》く。

「すごい！　三人《にん》とも、その調子《ちょうし》！」

「先輩《せんぱい》、がんばって！」

マイとテンが声援《せいえん》を送《おく》る中《なか》、タイセイも無心《むしん》になって歌《うた》を口《くち》ずさむ。

――気《き》がつけば、頭《あたま》の中《なか》にひびく自分《じぶん》の歌声《うたごえ》は、違《ちが》う誰《だれ》かのものになっていた。

一人《ひとり》の少女《しょうじょ》。自分《じぶん》はそのあたたかな背中《せなか》にゆられて、歌《うた》を聞《き》いていたのだ。

『せ〜んろはつづく〜よ、ど〜こまでも〜』

（姉《ねえ》ちゃん……）

幼《おさな》い日《ひ》の記憶《きおく》と、今《いま》の自分《じぶん》の意識《いしき》が、交差《こうさ》する。

イナはとても優《やさ》しい笑《え》みを浮《う》かべると、まだ小《ちい》さいタイセイに向《む》かって口《くち》を開《ひら》き。

——タ、イ、セ、イ。

イナの表情《ひょうじょう》と、アンノウンの機械《きかい》のような顔《かお》が、重《かさ》なった。

（…………！）

次《つぎ》の瞬間《しゅんかん》、タイセイはバランスを崩《くず》して、リョータとアカネを巻《ま》き込《こ》み転《ころ》んだ。

タイセイの変化《へんか》に気《き》づかないリョータが、悔《くや》しそうな声《こえ》

をあげる。

「がー、いい感《かん》じだったのにいいいい！」

「でも、思《おも》ったより悪《わる》くなかったね。練習《れんしゅう》を重《かさ》ねればもっとよくなると思《おも》うよ」

アカネの言葉《ことば》に、テンとシオンも明《あか》るい顔《かお》でうなずいた。

「それに、これで先輩《せんぱい》たちの息《いき》をより合《あ》わせることができれば、アンノウンを倒《たお》すのにも役立《やくだ》つかもしれませんね」

「うん、練習次第《れんしゅうしだい》では可能《かのう》だと思《おも》う。ツープラトンとか」

「そりゃすげぇな、何《なん》だかやる気《き》が出《で》てきたぜ！」

タイセイが、ぴくり、と反応《はんのう》する。

(倒《たお》す……？　アンノウンを……姉《ねえ》ちゃんを……？)

ゆっくりと起《お》き上《あ》がった目《め》の前《まえ》で、仲間《なかま》の運転士《うんてんし》たちはその話題《わだい》で盛《も》り上《あ》がっている。

とても孤独《こどく》に感《かん》じた。

「ねえ、アンノウンって……」

自分《じぶん》でも知《し》らないうちに声《こえ》が出《で》た。皆《みな》がこちらを見《み》つめるのを感《かん》じる。

「アンノウンって、何考《なにかんが》えてるのかな……」

「なんだよ、タイセイ。あいつらの立場《たちば》に立《た》ってみようってか？」

リョータが笑《わら》い飛《と》ばした。

「あいつら理由《りゆう》もなく襲《おそ》って来《く》るんだぜ？　まさに人類《じんるい》のキョーイってヤツだ。だから俺《おれ》たちがビシバシやっつけねぇとなぁ、にゃはは！」

「確《たし》かに。少《すこ》しでも話《はな》し合《あ》いに応《おう》じてくれる相手《あいて》であれば、話《はなし》は別《べつ》だが……その気配《けはい》をみじんも感《かん》じないからね」

「アカネもそう思《おも》うんだ……でも、本当《ほんとう》にそうなのかな……」

「そうに決《き》まってるだろ。つーかお前《まえ》、アンノウンの肩《かた》でも持《も》つつもりかよ⁇　冗談《じょうだん》キツいぜ？」

あくまでからかうように喋《しゃべ》っていたリョータだが、やがてタイセイがうつむいたまま何《なに》も言《い》わないことに気《き》づくと、真剣《しんけん》な声《こえ》で尋《たず》ねる。

「……おい、否定《ひてい》しろよ？」

空気《くうき》がはりつめ、妙《みょう》な緊張感《きんちょうかん》がただよった。

やがてタイセイは顔《かお》を上《あ》げると、引《ひ》きつった笑《わら》いを浮《う》かべた。

「だ、だよね……ごめん、変《へん》なこと言《い》って」

そして、現実世界《げんじつせかい》の彼《かれ》がゴーグルに手《て》をかけた。

「あの、用事《ようじ》を思《おも》い出《だ》したから……僕《ぼく》はこれで」

「ちょ、ちょっと、タイセイ……？」

そのままタイセイとビーナは、メタバースからログアウトする。

残《のこ》された運転士《うんてんし》たちは、不思議《ふしぎ》そうに顔《かお》を見合《みあ》わせるのだった。


「なに!?　音声《おんせい》の一部《いちぶ》が改変《かいへん》されている？」

ＥＲＤＡ《エルダ》の指令室《しれいしつ》で、高輪《たかなわ》がけげんそうな顔《かお》をした。

モニターの向《む》こうで、開発室《かいはつしつ》にいるアガノがうなずくのが見《み》える。

『ええ、アンノウンとの戦闘時《せんとうじ》ですが。音声記録《おんせいきろく》にその痕跡《こんせき》が確認《かくにん》できます』

そして、その変更《へんこう》されたデータを見《み》せてきた。

高輪《たかなわ》は確認《かくにん》して、「この間《あいだ》の、北海道《ほっかいどう》での戦《たたか》いか」とつぶやく。

ふと、タイセイが自分《じぶん》に音声《おんせい》データを調《しら》べてほしいと言《い》ってきたのを思《おも》い出《だ》した。

「何《なに》か妙《みょう》な声《こえ》がしたと言《い》っていたが、タイセイの言《い》ったことは本当《ほんとう》だったのか……呼《よ》び出《だ》してもう一度《いちど》確認《かくにん》してみるか？」

しかし今《いま》、鉄道部《てつどうぶ》は、メタバースで運転士《うんてんし》全員《ぜんいん》を集《あつ》め、親睦《しんぼく》を深《ふか》めているはずだ。水《みず》を差《さ》すのもどうかと思《おも》う。今度《こんど》にしようかと考《かんが》えた時《とき》。

「先生《せんせい》！」

タイセイの方《ほう》から指令室《しれいしつ》へとやってきた。高輪《たかなわ》は目《め》を丸《まる》くする。

「タイセイ、鉄道部《てつどうぶ》の方《ほう》はもう終《お》わったのか」

「それが、その。えっと……」

タイセイはまごついて、高輪《たかなわ》と指令室《しれいしつ》の床《ゆか》を何度《なんど》も交互《こうご》に見《み》てから、やがて意《い》を決《けっ》したかのように顔《かお》を上《あ》げた。

「あの！　僕《ぼく》が初《はじ》めてE5《イーファイブ》で戦《たたか》った、あの歩道橋《ほどうきょう》なんですが……大宮駅《おおみやえき》という鉄道関連《てつどうかんれん》施設《しせつ》の近《ちか》くだから、アンノウンが現《あらわ》れたんですよね？」

「ああ。そういう認識《にんしき》だが……」

『大宮《おおみや》は東日本《ひがしにほん》の新幹線《しんかんせん》が集結《しゅうけつ》する結節点《けっせつてん》――重要《じゅうよう》な駅《えき》ですからね』

モニターの向《む》こうのアガノも保証《ほしょう》した。

タイセイはその言葉《ことば》に、黙《だま》ってうつむいてしまう――その態度《たいど》に、高輪《たかなわ》は何《なん》となくだがピンときた。

「もしかして、あの歩道橋《ほどうきょう》も……イナとの思《おも》い出《で》の場所《ばしょ》なのか？」

「……はい、実《じつ》は」

それを今《いま》までタイセイが言《い》わなかったのは、もし言《い》えばイナとアンノウンのつながりをうたがわれるからだろう。

だが、口《くち》にした。それは、タイセイ自身《じしん》がイナが関係《かんけい》していると認《みと》めたということだ。

（音声《おんせい》データのせいか？　となると、タイセイが聞《き》いたという声《こえ》は……）

高輪《たかなわ》は考《かんが》え、タイセイに「こっちからも話《はな》したいことがある」と声《こえ》をかけた。

――その時《とき》である。

とつぜん、指令室《しれいしつ》が赤《あか》い警告色《けいこくしょく》に染《そ》まり、警報《けいほう》が鳴《な》り響《ひび》いた。

近《ちか》くの席《せき》に座《すわ》っていた男性指令員《だんせいしれいいん》、岩見沢《いわみざわ》ソラチが鋭《するど》い声《こえ》で報告《ほうこく》をよこす。

「東北《とうほく》・上越新幹線《じょうえつしんかんせん》、上野《うえの》〜大宮間《おおみやかん》において黒《くろ》い新幹線《しんかんせん》の出現《しゅつげん》を確認《かくにん》！」

「黒《くろ》い新幹線《しんかんせん》だけか？　アンノウンは!?」

「まだ現《あらわ》れていません……！」

こう答《こた》えたのは、女性指令員《じょせいしれいいん》の落合《おちあい》ミヨシだ。手元《てもと》にあるモニターをにらみつけていたが、その画像《がぞう》を指令室《しれいしつ》の巨大《きょだい》モニターに転送《てんそう》した。

そこにはアンノウンが出現《しゅつげん》する時《とき》、必《かなら》ず現《あらわ》れる黒《くろ》い新幹線《しんかんせん》が映《うつ》っている。

ただ、いつもならすぐに姿《すがた》を消《け》すその車体《しゃたい》は、今回《こんかい》は線路《せんろ》の上《うえ》に停《と》まったまま動《うご》くことがなかった。アンノウンも姿《すがた》を見《み》せていない。

「一体《いったい》どういうつもりだ……いや、今《いま》は考《かんが》えている場合《ばあい》じゃない！」

高輪《たかなわ》はすぐに黒《くろ》い新幹線《しんかんせん》の捕獲《ほかく》を決断《けつだん》し、キャプチャーウォールの展開《てんかい》を指示《しじ》した。

キャプチャーウォール内《ない》で、黒《くろ》い新幹線《しんかんせん》は不気味《ぶきみ》なほど静《しず》かだった。

その間《あいだ》に、現実空間《げんじつくうかん》における場所《ばしょ》の分析《ぶんせき》を、岩見沢《いわみざわ》と落合《おちあい》が行《おこな》う。

「黒《くろ》い新幹線《しんかんせん》、中浦和《なかうらわ》の公園付近《こうえんふきん》に停車中《ていしゃちゅう》……動《うご》きを見《み》せません」

「付近《ふきん》に主《おも》だった鉄道関連施設《てつどうかんれんしせつ》はないみたいですが……」

そんな二人《ふたり》の声《こえ》に、タイセイは、はっ、と目《め》をみはった。

(中浦和《なかうらわ》……あそこも姉《ねえ》ちゃんと一緒《いっしょ》に鉄道《てつどう》を見《み》に行《い》った場所《ばしょ》だ！)

アンノウン、黒《くろ》い新幹線《しんかんせん》、そしてイナ。それらが確実《かくじつ》に結《むす》びつこうとしている。

高輪《たかなわ》がタイセイの顔《かお》を見《み》てきた。どうやら彼《かれ》も、同《おな》じ結論《けつろん》に達《たっ》したらしい。

そして——ついに黒《くろ》い新幹線《しんかんせん》が動《うご》き出《だ》した。

キャプチャーウォール内《ない》を、影《かげ》のような車体《しゃたい》が走《はし》り始《はじ》める。

タイセイたちがキャプチャーウォールの中《なか》にいたなら、その黒《くろ》い新幹線《しんかんせん》の中《なか》で何者《なにもの》かが
こうつぶやくのを聞《き》いただろう。

「チェンジ、ファントムシンカリオン……」

——黒《くろ》い新幹線《しんかんせん》はその車体《しゃたい》を変形《へんけい》させ、巨大《きょだい》な人型《ひとがた》ロボットへと変身《へんしん》する。

黒《くろ》をベースとした全身《ぜんしん》のカラー。そして、胸《むね》には新幹線《しんかんせん》の先頭車両《せんとうしゃりょう》があった。

「なっ！　まさか、シンカリオンなのか……？」

高輪《たかなわ》が信《しん》じられないといった口調《くちょう》でうめいた。タイセイも、モニターの向《む》こうにいる黒《くろ》いシンカリオンに釘付《くぎづ》けになる。

そこへ、警報《けいほう》を聞《き》きつけたリョータとアカネが走《はし》ってきた。

二人《ふたり》もモニターを見《み》て、絶句《ぜっく》する。

「な、何《なん》なんだよあれ……！」

「先生《せんせい》、あれはシンカリオン、あれがアンノウンじゃないんですか？」

「わからん。だが、あれがアンノウンに関係《かんけい》のあるものだということは確《たし》かだ。お前《まえ》たち、今《いま》すぐ向《む》かってくれ！」

高輪《たかなわ》の言葉《ことば》に「はい！」とうなずいて、三人《にん》はシンカリオンのもとへと駆《か》けだした。

「「チェンジ、シンカリオン！」」

キャプチャーウォールに降《お》り立《た》った一同《いちどう》は、シンカリオンを変形《へんけい》させると、それぞれエルダトレーラー、エルダドリル、エルダトップリフターと合体《がったい》させた。

そんな彼《かれ》らを見《み》つめるかのように、黒《くろ》いシンカリオンが静《しず》かに立《た》っている。

「はっ、シンカリオンだかアンノウンだか知《し》らねぇが、とりあえずぶっ倒《たお》してやる！」

「アンノウンに関《かか》わっている機体《きたい》だ。無力化《むりょくか》して捕《つか》まえれば、何《なに》か情報《じょうほう》を得《え》られるかもしれない」

ファイトにあふれるリョータとアカネ。

タイセイは黒《くろ》いシンカリオンとイナが関係《かんけい》あるのか悩《なや》んだ。が、今《いま》は二人《ふたり》の言《い》う通《とお》り、このシンカリオンを捕《つか》まえるべきだと考《かんが》え直《なお》す。

先《さき》ほどのメタバース部室《ぶしつ》でのことを思《おも》い出《だ》し、おそるおそる謝《あやま》った。

「リョータ、アカネ……さっきはごめん、変《へん》なこと言《い》って。僕《ぼく》、ちゃんと戦《たたか》うから」

「そんなん、もうどうでもいいって。見《み》せてやろうぜ！　俺《おれ》たちの三人四脚《にんきゃく》！」

リョータがニカッと笑《わら》い、アカネも静《しず》かにうなずく。

二人《ふたり》が思《おも》ったより怒《おこ》っていないことに、タイセイもほっとした。

と、その時《とき》。黒《くろ》いシンカリオンが、軽《かる》く身構《みがま》えた。

「え？」

三人《にん》には見《み》えなかった。黒《くろ》い影《かげ》が一瞬《いっしゅん》にしてE5《イーファイブ》はやぶさに接近《せっきん》したのを。

そして、その右腕《みぎうで》が無造作《むぞうさ》に振《ふ》られたのも。

「うわああ!?」

E5《イーファイブ》がガツンと弾《はじ》き飛《と》ばされ、タイセイが悲鳴《ひめい》を上《あ》げる。

黒《くろ》いシンカリオンは返《かえ》す刀《かたな》で、E7《イーセブン》かがやきにキックをたたき込《こ》んだ。

「ぐわっ!?　こ、この！」

「タイセイ、リョータ、一度《いちど》そいつと距離《きょり》を取《と》れ！　その後《あと》、左右《さゆう》から挟《はさ》み込《こ》むんだ。僕《ぼく》が射撃《しゃげき》で援護《えんご》する！」

「わ、わかった！」

アカネの指示《しじ》に二人《ふたり》は従《したが》い、距離《きょり》を取《と》ってからリクソウセイバーとツインクッサクドリルを構《かま》えて、再《ふたた》び黒《くろ》いシンカリオンに突撃《とつげき》する。

だが、黒《くろ》いシンカリオンは剣《けん》を素手《すで》で受《う》け止《と》めると、鮮《あざ》やかな身《み》のこなしでドリルの一《いち》撃《げき》をかわしてみせる。

——いや、すぐさま突撃《とつげき》した。E6《イーシックス》に向《む》かって。

「速《はや》い!?」

アカネが驚《おどろ》くひまもなく、黒《くろ》い新幹線《しんかんせん》はいきなり背《せ》を向《む》ける。かとおもいきや、さらに半回転《はんかいてん》して足《あし》をE6《イーシックス》にたたき付《つ》けた。鋭《するど》い後《うし》ろ回《まわ》し蹴《げ》りだ。

「うぐっ!」

「アカネ!」

リョータが慌《あわ》ててE6《イーシックス》の救出《きゅうしゅつ》に向《む》かうが、やはり黒《くろ》いシンカリオンの方《ほう》が速《はや》かった。とんぼを切《き》って空中《くうちゅう》を舞《ま》い、E7《イーセブン》、E5《イーファイブ》へと順《じゅん》にキックをたたき込《こ》んでいく。

この間《かん》、わずか数秒《すうびょう》。それだけで三体《たい》のシンカリオンはいいようにあしらわれ、運転士《うんてんし》たちも衝撃《しょうげき》によりダメージを受《う》けていた。

「こ、こいつ強《つえ》ぇ……」

リョータがうめいた、その時《とき》。

「これが、ファントムシンカリオンの力《ちから》……」

声《こえ》がひびいた。どこか冷《つめ》たい、女性《じょせい》の声《こえ》が。

「しゃ、喋《しゃべ》った⁉」

「人《ひと》が乗《の》っているのか……⁉」

リョータとアカネが驚《おどろ》きにひるみ、そしてタイセイは――

「この声《こえ》は……なんで、どうして……⁉」

「……タイセイ？」

アカネの声《こえ》も、もうタイセイの耳《みみ》には届《とど》いていなかった。

黒《くろ》いシンカリオン――ファントムシンカリオンの声《こえ》の主《ぬし》は、間違《まちが》いなくイナだ。

それが、自分《じぶん》たちを攻撃《こうげき》しに来《き》ている。何《なん》の容赦《ようしゃ》もなく。

その事実《じじつ》にタイセイがおびえていると、無情《むじょう》にも彼《かれ》の姉《あね》はさらなる言葉《ことば》を重《かさ》ねてきた。

「邪魔《じゃま》しないで」

「――！」

タイセイが驚《おどろ》く暇《ひま》もなく、Ｅ５《イーファイブ》がファントムシンカリオンに蹴《け》り飛《と》ばされる。

——だが、同時《どうじ》にE7《イーセブン》とE6《イーシックス》も動《うご》いた。

二体《たい》のシンカリオンは一瞬《いっしゅん》の隙《すき》を突《つ》き、ファントムシンカリオンの体《からだ》にしがみつく。

「今《いま》だ、タイセイ！　リクソウセイバーで決《き》めろ！」

「こいつは強敵《きょうてき》だ。いつまで持《も》ちこたえられるかわからない、早《はや》く！」

キャプチャーウォールも長《なが》くはもたない。ここでこのファントムシンカリオンを無力化《むりょくか》しなければ、現実世界《げんじつせかい》にどんな被害《ひがい》が出《で》るかわからなかった。

だからこそリョータとアカネは危険《きけん》もかえりみず、必死《ひっし》の思《おも》いでファントムシンカリオンに取《と》りついたのだろう。

だが、タイセイは動《うご》けなかった。

(姉《ねえ》ちゃんが、あの黒《くろ》いシンカリオンに、倒《たお》さないと。でも中《なか》に姉《ねえ》ちゃんが、倒《たお》せばどうなる？　倒《たお》せる？　ダメだ、

中《なか》に姉《ねえ》ちゃんが。でも、倒《たお》さないと)

ぐるぐると考《かんが》えが頭《あたま》の中《なか》を動《うご》き回《まわ》り――そして、E5《イーファイブ》が急《きゅう》に動《うご》かなくなる。

どうして、と思《おも》った瞬間《しゅんかん》、指令室《しれいしつ》から落合《おちあい》の叫《さけ》び声《ごえ》が聞《き》こえた。

『タイセイくんの適性値《てきせいち》が低下《ていか》、E5《イーファイブ》動《うご》けません！』

(そ、そんな……！)

タイセイがあせりを感《かん》じた時《とき》、ファントムシンカリオンが動《うご》いた。

彼女《かのじょ》はE7《イーセブン》とE6《イーシックス》を弾《はじ》き飛《と》ばすと、キャプチャーウォールの床《ゆか》に手《て》をつける。

ふと、電流《でんりゅう》がほとばしり、まばゆいスパークが辺《あた》りを照《て》らした。

ERDA《エルダ》の指令室《しれいしつ》で、岩見沢《いわみざわ》と落合《おちあい》が叫《さけ》び声《ごえ》を上《あ》げる。

『キャプチャーウォールに大量《たいりょう》のデータ負荷《ふか》が……！』

『このままでは危険《きけん》です！』

『くっ、強制退去《きょうせいたいきょ》プログラムを発動《はつどう》しろ!!』

高輪《たかなわ》の叫《さけ》び声《ごえ》とともに、シンカリオン三体《たい》はその場《ば》から転送《てんそう》され、同時《どうじ》にキャプチャーウォールが解除《かいじょ》される。

データ負荷《ふか》が爆発《ばくはつ》を起《お》こしたのは、それと同時《どうじ》のことだった。

マイは用事《ようじ》があったので、一度《いちど》家《いえ》に帰《かえ》ってからＥＲＤＡ《エルダ》に向《む》かっていた。

彼女《かのじょ》は知《し》らない。その道《みち》の途中《とちゅう》で、ファントムシンカリオンがキャプチャーウォールに捕《つか》まっていたことを。

そして、高輪《たかなわ》の判断《はんだん》で強制排除《きょうせいはいじょ》された時《とき》に、自分《じぶん》が通《とお》りかかったことを。

「え……？」

突然《とつぜん》、現実《げんじつ》の世界《せかい》に現《あらわ》れたスパークが爆発《ばくはつ》を生《う》み——マイの意識《いしき》はそこで途絶《とだ》えた。

沈黙《ちんもく》が三人《にん》を包《つつ》んでいる。

三人《にん》——タイセイ、リョータ、アカネはERDA《エルダ》内《ない》の待《たい》機場《きじょう》で、ぼんやりと佇《たたず》んだ。

やがて、リョータが無感情《むかんじょう》につぶやいた。

「まさか、お前《まえ》の適性値《てきせいち》が下《さ》がるなんてな……」

タイセイは答《こた》えない。顔《かお》を伏《ふ》せたまま、長椅子《ながいす》に座《すわ》っている。

アカネが追《お》いかけるように尋《たず》ねた。

「ファントムシンカリオンから聞《き》こえた声《こえ》と、何《なに》か関係《かんけい》あるのか？」

「……姉《ねえ》さんの声《こえ》だったんだ」

初《はじ》めて返《かえ》した答《こた》えに、リョータもアカネも顔《かお》を見合《みあ》わせた。

「姉《ねえ》さん……？」

「大成《おおなり》イナさんの事《こと》か……？」

「そう……前《まえ》に、函館《はこだて》で戦《たたか》った時《とき》にも聞《き》こえたんだ……だから僕《ぼく》は……姉《ねえ》さんがアンノウンにあやつられているんじゃないかって……」

最初《さいしょ》はぼうぜんとしていたリョータとアカネの顔《かお》が、みるみるとけわしくなる。

「なんだよ、それ……つまり、そん時《とき》から気《き》付《づ》いてたって事《こと》かよ……!?」

「どうしてそれを、一言《ひとこと》も僕《ぼく》たちに言《い》ってくれなかった？」

「確信《かくしん》が持《も》てなかったから……それに、信《しん》じているから……姉《ねえ》さんはアンノウンとは関係《かんけい》ないって……」

「そうとは思《おも》えないね。『邪魔《じゃま》をするな』というあの言葉《ことば》は、意思《いし》を持《も》って運転《うんてん》している者《もの》の言《い》いようだった。となると、君《きみ》の姉《ねえ》さんは——」

アカネの言葉《ことば》にタイセイは顔《かお》を上《あ》げると、必死《ひっし》になって否定《ひてい》した。

「違《ちが》う……きっと何《なに》かの間違《まちが》いだ！　姉《ねえ》さんは、あんなことしない！」

「じゃあ、誰《だれ》のせいだって言《い》うんだよ！　お前《まえ》の姉《ねえ》さんが、あんなことしたんだろ！　それなのにお前《まえ》は黙《だま》ってそれを見過《みす》ごしたのかよ！　何《なに》があってもみんなを守《まも》り抜《ぬ》くのがシンカリオンの運転士《うんてんし》だろ！」

がまんの限界《げんかい》と、リョータが叫《さけ》んだ。その手《て》にはスマートフォンがにぎられている。

先《さき》ほど、高輪《たかなわ》から連絡《れんらく》を受《う》けたスマートフォンが。

「わかってんのか！　お前《まえ》のせいでマイが――！」

マイが爆発《ばくはつ》に巻《ま》き込《こ》まれて負傷《ふしょう》したという連絡《れんらく》は、タイセイたちにも届《とど》いていた。

小《ちい》さいころからマイと仲《なか》の良《よ》かったリョータは、この報告《ほうこく》にとても取《と》り乱《みだ》した。いや、今《いま》だって冷静《れいせい》であるとは言《い》い難《がた》い。それほどマイは大切《たいせつ》な友人《ゆうじん》なのだ。

と、その時《とき》。ドアが開《あ》き、高輪《たかなわ》が神妙《しんみょう》な顔《かお》で入《はい》ってきた。

「っ！　カッちゃん！　大丈夫《だいじょうぶ》なのかよ、あいつの怪我《けが》！」

「特別医療班《とくべついりょうはん》によって救急搬送《きゅうきゅうはんそう》されてから……連絡《れんらく》はまだ入《はい》っていない」

「俺《おれ》が知《し》りたいのはあいつが無事《ぶじ》かどうか、それだけなんだよ！」

連絡《れんらく》が入《はい》っていないと答《こた》えられたのに、リョータは必死《ひっし》にすがる。

高輪《たかなわ》は沈痛《ちんつう》な顔《かお》つきで、首《くび》を横《よこ》に振《ふ》った。

「本当《ほんとう》にすまない……ERDA《エルダ》もこの異常事態《いじょうじたい》で混乱《こんらん》しているんだ」

「く……！」

リョータは目《め》をつぶると、タイセイの胸《むな》ぐらを掴《つか》んでわめいた。

「タイセイ！　もしマイに万《まん》が一《いち》の事《こと》があったら、全部《ぜんぶ》お前《まえ》のせいだからな!!」

タイセイは何《なに》も言《い》い返《かえ》せなかった。高輪《たかなわ》が「リョータ！」と制止《せいし》に入《はい》る。

少《すこ》し我《われ》に返《かえ》ったリョータは、息《いき》を吐《は》いてタイセイから手《て》を離《はな》した。

代《か》わりとばかりに、アカネが口《くち》を開《ひら》く。

「タイセイ。君《きみ》が察《さっ》した異常《いじょう》を早《はや》く言《い》ってくれさえすれば、

何《なに》か対策《たいさく》が練《ね》れたはずだ」

「…………」

「言《い》っていたじゃないか。『友達《ともだち》として大切《たいせつ》なのはお互《たが》いを大事《だいじ》に思《おも》い合《あ》うこと』だって。だが、今《いま》の君《きみ》はなんだ？　思《おも》い悩《なや》んでいることを全《まった》く言《い》おうとしなかった。僕《ぼく》たちを信用《しんよう》していない——大事《だいじ》に思《おも》っていない証拠《しょうこ》じゃないのか？」

「…………」

「何《なに》も言《い》ってくれないのか……いや、たしかあの言葉《ことば》は君《きみ》の姉《ねえ》さんの受《う》け売《う》りだったな。君《きみ》がその真意《しんい》を理解《りかい》していないことがよく分《わ》かったよ」

「もういいだろ、アカネ！」

高輪《たかなわ》が叫《さけ》んだが、アカネは止《と》まらなかった。

「ああそうか、君《きみ》は姉《ねえ》さんの操《あやつ》り人形《にんぎょう》か。言《い》われたことしか言《い》わない。邪魔《じゃま》をするなと言《い》われれば邪魔《じゃま》をしない。ごていねいに適性値《てきせいち》まで落《お》として、まったく大《たい》したものだよ！」

「アカネ！」

二度目《にどめ》の叫《さけ》びで、やっと止《と》まった。

タイセイはのろのろと立《た》ち上《あ》がると、「本当《ほんとう》に、ごめん……」とだけつぶやいて、外《そと》に出《で》る。他《ほか》に言葉《ことば》が見《み》つからなかった。

自宅《じたく》に帰《かえ》ってメタバースに入《はい》ったタイセイは、自分《じぶん》の駅《えき》――『ハイパーステーション』で、ぼんやりと構内《こうない》をながめていた。

彼《かれ》の心《こころ》は、鉛《なまり》のように重《おも》かった。

生《い》きていると信《しん》じていた行方不明《ゆくえふめい》の姉《あね》が、敵《てき》となって現《あらわ》れた。

現実世界《げんじつせかい》に被害《ひがい》を及《およ》ぼし、友人《ゆうじん》であるマイも傷《きず》つけた。

一体自分《いったいじぶん》はどうすればいい？　このままでは、リョータやアカネにあわせる顔《かお》がない。

悩《なや》んでいると、隣《となり》にビーナが現《あらわ》れる。気遣《きづか》わしげな顔《かお》で、タイセイの頭《あたま》をなでた。

「タイセイ、ショックなのはわかる。でも、ここにずっと引《ひ》きこもってたって、何《なに》も始《はじ》まりゃしないでしょ？　立《た》ち止《ど》まってないで歩《ある》き出《だ》すべきじゃない？　行動《こうどう》あるのみよ！」

「ごめん、ちょっと黙《だま》っててよ……」

「いーや、黙《だま》んない。ていうか、あの二人《ふたり》に言《い》われっ放《ぱな》しで平気《へいき》なの？　ちゃんと面《めん》と向《む》かって、あんたの気《き》持《も》ちをぶつけないと。ついでに一発《いっぱつ》ぶん殴《なぐ》って……」

「うるさいなぁ！　ビーナはただのナビなんだから黙《だま》っててよ!!」

タイセイが声《こえ》を荒《あら》らげ、ビーナは傷《きず》ついたような顔《かお》をした。

「……あー、そう。はいはいはい、そうですか……！　分《わ》かったわよ、もーあんたなんか知《し》らないからね！」

そして、タイセイの前《まえ》から消《き》えてしまう。

——一体《いったい》どうしてこうなってしまったんだろう。

タイセイはそれ以上考《いじょうかんが》えることが辛《つら》くなり、小《ちい》さく息《いき》を漏《も》らした。

12話《わ》 再会《さいかい》

『声紋《せいもん》が一致《いっち》しました』

「イナ本人《ほんにん》の声《こえ》で間違《まちが》いないのか？」

『その可能性《かのうせい》は高《たか》いかと』

ＥＲＤＡ《エルダ》の指令室《しれいしつ》で、モニター越《ご》しに報告《ほうこく》してきたアガノに高輪《たかなわ》は「そうか」とつぶやく。思《おも》わず歯《は》がみした。

ファントムシンカリオンから流《なが》れてきた声《こえ》と、イナの声《こえ》の声紋《せいもん》を比較《ひかく》させたのだ。

声《こえ》も指紋《しもん》と同《おな》じで、個人個人《こじんこじん》で特徴《とくちょう》が違《ちが》う。それが声紋《せいもん》だ。

それが一致《いっち》したということは、ファントムシンカリオンの中《なか》の女性《じょせい》は、やはりイナであるらしい。彼女《かのじょ》が、ＥＲＤＡ《エルダ》のシンカリオンを襲《おそ》ったのだ。

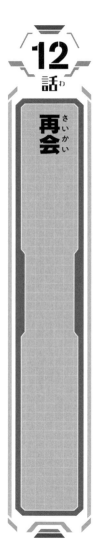

そしてそのショックで、タイセイの適性値《てきせいち》が下《さ》がってしまった。

(参《まい》ったな、こんな時《とき》に……しかもあいつら、気《き》まずいようだし)

今日《きょう》の授業中《じゅぎょうちゅう》、教室《きょうしつ》でのタイセイ、リョータ、アカネの様子《ようす》を高輪《たかなわ》は思《おも》い出《だ》す。

三人《にん》ともそっぽを向《む》いており、特《とく》にアカネとリョータはタイセイと距離《きょり》を取《と》っていて、見《み》えない亀裂《きれつ》が走《はし》っているのは明白《めいはく》だった。

何《なん》とか三人《にん》の仲《なか》を戻《もど》したいが、下手《へた》に間《あいだ》に立《た》つと亀裂《きれつ》が深《ふか》まるかもしれない。

考《かんが》え込《こ》んでいるうちに、突然《とつぜん》アンノウン発生《はっせい》を意味《いみ》する警報《けいほう》が鳴《な》り響《ひび》く。

隣《となり》の岩見沢《いわみざわ》があわてて席《せき》につき、手元《てもと》のモニターを確認《かくにん》した。

「青森《あおもり》、秋田《あきた》、新潟《にいがた》、滋賀《しが》の各地《かくち》にアンノウンが出現《しゅつげん》！」

「なっ！　同時《どうじ》に四カ所《しょ》も!?」

「初《はじ》めてのケースです……！」

落合《おちあい》も緊張《きんちょう》を隠《かく》せない。各地《かくち》で暴《あば》れているアンノウンを大型《おおがた》モニターに映《うつ》す。

「キャプチャーウォール、同時《どうじ》に展開《てんかい》だ！　四体《たい》とも捕獲《ほかく》しろ！」

高輪《たかなわ》が指示《しじ》を飛《と》ばしていると、そこにタイセイが駆《か》け込《こ》んできた。

「先生《せんせい》、アンノウンが！」

「ああ……タイセイ、これらの場所《ばしょ》にもイナと行《い》ったのか？」

「これは……青函連絡船《せいかんれんらくせん》メモリアルシップ、八甲田丸《はっこうだまる》、大曲駅《おおまがりえき》、新津鉄道資料館《にいつてつどうしりょうかん》、長浜鉄《ながはまてつ》道《どう》スクエア……はい、姉《ねえ》さんと行《い》きました」

「そうか。なぜ敵《てき》はお前《まえ》たちの思《おも》い出《で》の場所《ばしょ》ばかりを……」

「わかりません」

タイセイは青《あお》い顔《かお》をする。わからないが、何《なに》かしらイナの考《かんが》えがあるような気《き》がした。

ふと、モニターが切《き》り替《か》わり、シンカリオンに乗《の》り込《こ》んだリョータ、アカネ、それにテンとシオンが映《うつ》し出《だ》された。

『カッちゃん、俺《おれ》らはいつでも出《で》られるぜ』

『こっちは適性値《てきせいち》、十分《じゅうぶん》ですから』

どこか含《ふく》んだようにリョータとアカネが言《い》った。

指令室《しれいしつ》のタイセイには目《め》を合《あ》わせない。

シオンがそのことに気《き》づき、目《め》をぱちぱちとさせる。

『あれ？　大成先輩《おおなりせんぱい》は……出発《しゅっぱつ》しないんですか？』

「ぼ、僕《ぼく》は……」

『行《い》くぞ、テン、シオン！』

さえぎるようにしてリョータが叫《さけ》んだ。テンとシオンがあわてて、「は、はいっ！」と返事《へんじ》する。

そして、四体《たい》のシンカリオンは、四体《たい》のアンノウンと戦《たたか》うために出発《しゅっぱつ》した。

結果《けっか》としては、シンカリオンの圧勝《あっしょう》だった。

相手《あいて》はアンノウンが一体《いったい》ずつ。かつ、自分《じぶん》たちも単独《たんどく》での戦《たたか》いを強《し》いられている。

それでも運転士《うんてんし》たちは、日々《ひび》成長《せいちょう》を重《かさ》ねていた。

「ツインクッサクドリル！」

「キンテイガン！」

リョータのたたき付《つ》けたＥ７《イーセブン》のドリルが、アカネの放《はな》ったＥ６《イーシックス》の大型拳銃《おおがたけんじゅう》が、アンノウンを一瞬《いっしゅん》にして葬《ほうむ》り去《さ》る。

テンとシオンも、負《ま》けずに奮闘《ふんとう》していた。

「離《はな》れていても僕《ぼく》には仲間《なかま》がいる。そう思《おも》えば、僕《ぼく》はいつでも全力《ぜんりょく》で戦《たたか》える！」

「おじいちゃんやユキ、みんなのためにも、わたしは――負《ま》けない！」

二人《ふたり》の胸《むね》に、それぞれ大切《たいせつ》に思《おも》う人《ひと》たちの面影《おもかげ》が浮《う》かんだ。

N《エヌ》700S《エス》のぞみが剣《けん》をかまえて飛《と》び上《あ》がり、H5《エイチファイブ》はやぶさは巨大《きょだい》な腕《うで》を振《ふ》り上《あ》げる。

「リクソウブレード！」

「ドーザーハイドアーム！」

回転《かいてん》したN《エヌ》700S《エス》の剣《けん》の一撃《いちげき》がアンノウンを切《き》り裂《さ》き、H5《エイチファイブ》の巨大《きょだい》な腕《うで》が敵《てき》を引《ひ》っ張《ぱ》ってのラリアット――プロレス技《わざ》の一種《いっしゅ》だ――で敵《てき》を粉砕《ふんさい》した。

四体《たい》のアンノウンは、ほぼ同時《どうじ》に爆発《ばくはつ》する。

「「「おおおおお！」」」

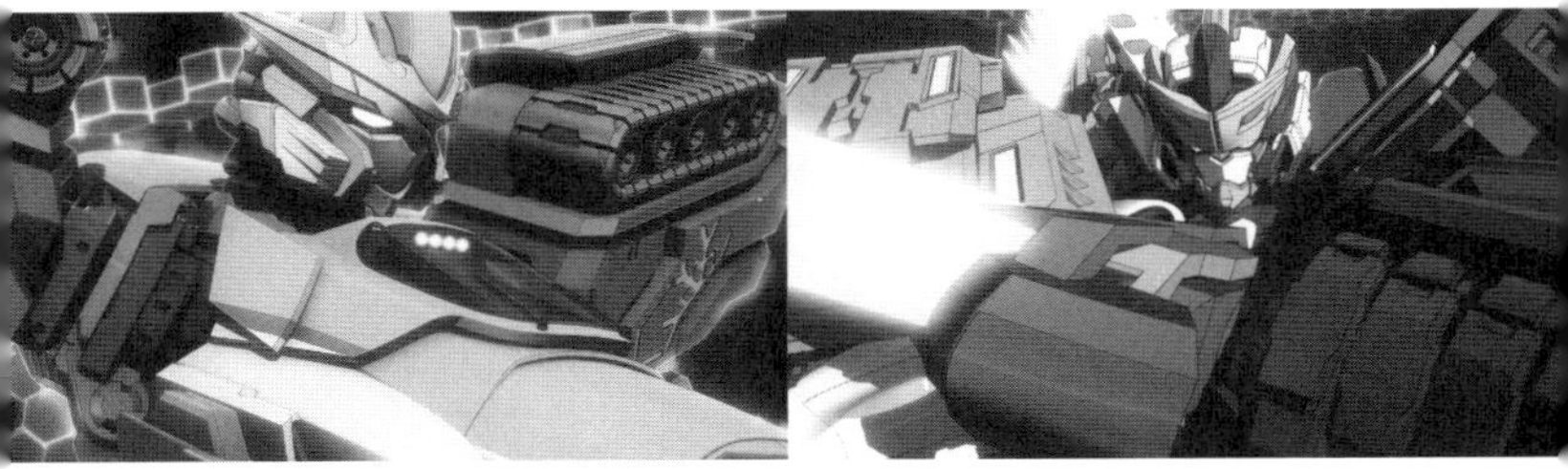

完全《かんぜん》な勝利《しょうり》に、ERDA《エルダ》指令室《しれいしつ》は歓声《かんせい》に包《つつ》まれた。

モニター越《ご》しの四人《よにん》の運転士《うんてんし》たちも、笑顔《えがお》で互《たが》いの健闘《けんとう》をたたえあう。

『いやぁ、テンとシオンがいてくれて助《たす》かったぜ』

『これなら、四人《よにん》でもやっていけそうだね』

その言葉《ことば》にタイセイが息《いき》をのみ、何《なん》となく状況《じょうきょう》を察《さっ》したテンとシオンも気《き》まずそうにつぶやいた。

『ちょっと、リョータ先輩《せんぱい》もアカネ先輩《せんぱい》も……』

『どうしたんですか？』

『別《べつ》に。けど、みんなを守《まも》れてこその運転士《うんてんし》だろ』

『そもそも向《む》こうがこっちを信頼《しんらい》してないんだ。一緒《いっしょ》にやっていくのは不《ふ》可能《かのう》だろう』

不機嫌《ふきげん》な顔《かお》の二人《ふたり》は、答《こた》えになっていない答《こた》えを返《かえ》す。

タイセイはしばらくうつむいていたが、やがてぽつりとつぶやいた。

「……そうだよね。僕《ぼく》なんて、いない方《ほう》がいいよね」

そして、指令室《しれいしつ》を飛《と》び出《だ》していってしまう。

『大成先輩《おおなりせんぱい》！』『タイセイ先輩《せんぱい》！』

シオンとテンが叫《さけ》んだが、声《こえ》は届《とど》かず、タイセイが戻《もど》ることはなかった。


鉄道博物館《てつどうはくぶつかん》から外《そと》へ駆《か》けだしたタイセイは、やがて歩道橋《ほどうきょう》へとたどり着《つ》いていた。

幼《おさな》いころ、イナと一緒《いっしょ》に陸送《りくそう》を見《み》た歩道橋《ほどうきょう》だ。前《まえ》にアンノウンとの戦《たたか》いで損壊《そんかい》したが、今《いま》は修復《しゅうふく》されている。

その上《うえ》に立《た》って、下《した》を見下《みお》ろした。車《くるま》が道路《どうろ》を走《はし》っている。

『せ〜んろはつづく〜よ、ど〜こまでも〜』

記憶《きおく》の中《なか》の姉《あね》の声《こえ》が、優《やさ》しい歌声《うたごえ》が、タイセイの耳《みみ》にゆれていた。

ふと、スマートフォンを見《み》る。あれからビーナも、話《はな》しかけてはこない。

タイセイは一人《ひとり》だった。

『あのね、タイセイ。カッコイイ人《ひと》っていうのは優《やさ》しい人《ひと》で、優《やさ》しい人《ひと》っていうのは何《なに》かを守《まも》れる人《ひと》のことなの』

『だからね、何《なに》かを守《まも》れる、カッコイイ人《ひと》になりなさい。あんたは、私《わたし》の弟《おとうと》なんだから』

「僕《ぼく》、なれそうにないよ……姉《ねえ》ちゃん」

そうつぶやいたとたん、タイセイの目《め》に涙《なみだ》があふれてきた。

それをこすり、家《いえ》に帰《かえ》る。父《ちち》アゲオと母《はは》ミサオに「どうしたの」と尋《たず》ねられたが、答《こた》えられるはずもなかった。

タイセイは食事《しょくじ》もとらずベッドに沈《しず》みこみ、ゴーグルをかけてメタバースへと潜《もぐ》った。

ハイパーステーションの中《なか》で、北斗星《ほくとせい》と呼《よ》ばれる寝台車両《しんだいしゃりょう》に乗《の》り込《こ》む。食堂車《しょくどうしゃ》に入《はい》り、ぼんやりと窓《まど》の外《そと》を見《み》つめた。

「どこにいるんだよ、姉《ねえ》ちゃん。教《おし》えてよ、どうやったらカッコイイ人《ひと》になれるのか……」

ERDA《エルダ》指令室《しれいしつ》では、高輪《たかなわ》とERDA《エルダ》の東日本本部本部長《ひがしにほんほんぶほんぶちょう》である浜《はま》カイジが、今後《こんご》のことについて対策《たいさく》を練《ね》っていた。

浜《はま》は面白《おもしろ》くもなさそうな顔《かお》で、報告書《ほうこくしょ》に目《め》を通《とお》しながら言《い》う。

「まさか、イナくんが敵方《てきがた》に寝返《ねがえ》っていたとは」

「そうと決《き》まったわけではありません」

「そう思《おも》いたいのはやまやまですが、状況証拠《じょうきょうしょうこ》がこれだけ揃《そろ》うと……天才《てんさい》と呼《よ》ばれた彼女《かのじょ》が相手《あいて》で、大丈夫《だいじょうぶ》ですかね？」

浜《はま》はすでに、イナを敵《てき》と決《き》めつけているようだ。

高輪《たかなわ》は「違《ちが》う」と叫《さけ》びたい気持《きも》ちを抑《おさ》えながら、つとめて冷静《れいせい》に返《かえ》した。

「シンカリオンの運転士《うんてんし》は皆《みな》、優秀《ゆうしゅう》です」

「そうですか。あなたのその言葉《ことば》を疑《うたが》うわけではありませんが……いざとなったら『グランクロス』を使用《しよう》するしかありませんね」

その言葉《ことば》に、高輪《たかなわ》の顔《かお》に動揺《どうよう》が走《はし》る。

「グランクロス？　しかし、あれは危険《きけん》です……それに、E5《イーファイブ》に搭載《とうさい》してある」

「そうですね。タイセイくんがいなくては、使《つか》えませんかね？　気《き》になるのは、彼《かれ》の適性《てきせい》値《ち》が下《さ》がった事《こと》です」

「そのことなら大丈夫《だいじょうぶ》です。タイセイは、必《かなら》ず立《た》ち直《なお》って――」

「代《か》わりの運転士候補《うんてんしこうほ》は？」

「え？」

「この緊急事態《きんきゅうじたい》に逃《に》げ出《だ》すなんて、運転士《うんてんし》としての自覚《じかく》も責任感《せきにんかん》も無《な》いようですからね。タイセイくんを当《あ》てにするのはやめた方《ほう》がいいでしょう。他《ほか》の運転士《うんてんし》を探《さが》した方《ほう》がいいかもしれません」

冷静《れいせい》を通《とお》り越《こ》して、冷酷《れいこく》なまでの浜《はま》の言《い》い分《ぶん》だった。

言葉《ことば》をなくす高輪《たかなわ》の前《まえ》で、さらに彼《かれ》は口《くち》を開《ひら》く。

「そういえば、彼《かれ》は口《くち》がかたいですか？」

「どういう意味《いみ》です……？」

「別《べつ》にどこに行《い》こうと構《かま》いませんが、ERDA《エルダ》から離脱《りだつ》し、我々《われわれ》のことを口外《こうがい》されては困《こま》りますから。もし、そうなった時《とき》は……それなりの対応《たいおう》を取《と》らせてもらいますよ」

では、他《ほか》の運転士《うんてんし》を探《さが》しておいてください――そう言《い》い残《のこ》して、浜《はま》は去《さ》っていく。

その後《うし》ろ姿《すがた》を見送《みおく》ってから、高輪《たかなわ》は拳《こぶし》を握《にぎ》りしめた。

浜《はま》の言《い》うことは間違《まちが》ってはいない。だが、タイセイたち運転士《うんてんし》の気持《きも》ちをまったく考《かんが》えていない。非情《ひじょう》なまでの合理主義《ごうりしゅぎ》だった。

「だが、運転士《うんてんし》は使《つか》い捨《す》ての道具《どうぐ》なんかじゃない！」

ふと、高輪《たかなわ》の胸《むね》に苦《にが》いものがこみ上《あ》げてくる。

——それは忘《わす》れてはいけない、ある人物《じんぶつ》の記憶《きおく》だった。

深《ふか》くため息《いき》をついていると、ふとスマートフォンが鳴《な》り響《ひび》く。

着信相手《ちゃくしんあいて》はＥＲＤＡ《エルダ》傘下《さんか》の病院《びょういん》だった。

「もしもし……何《なん》だって!?」

高輪《たかなわ》の声《こえ》が、少《すこ》し晴《は》れたように弾《はず》んだ。


アンノウンは倒《たお》したが、時間《じかん》が遅《おそ》いこともあり、各運転士《かくうんてんし》はそれぞれ戦《たたか》った場所《ばしょ》にある宿泊施設《しゅくはくしせつ》で一泊《いっぱく》することになった。

時間《じかん》をもてあました彼《かれ》らは、各々《おのおの》のしたいように時間《じかん》をつぶしていた。

リョータは一人《ひとり》ベッドの上《うえ》で寝《ね》っ転《ころ》がり、アカネは近所《きんじょ》の河原《かわら》で走《はし》り込《こ》みをする。

その顔《かお》は、両者《りょうしゃ》ともけわしいものだった。

——タイセイ。

偶然《ぐうぜん》にも、二人《ふたり》がそうつぶやいたのは同時《どうじ》だった。

彼《かれ》らは無意識《むいしき》に感《かん》じていた。自分《じぶん》たちがタイセイに、ひどい言葉《ことば》をかけたと。

(でも、マイが怪我《けが》したのはあいつのせいで……)

リョータは心《こころ》の中《なか》でつぶやきつつも、それが本当《ほんとう》にそうだという自信《じしん》はなかった。

マイが怪我《けが》をしたことに対《たい》して、八《や》つ当《あ》たりする相手《あいて》が欲《ほ》しかっただけではないか。頭《あたま》の隅《すみ》で、そう思《おも》っていた。

だが、一度熱《いちどねっ》した思考回路《しこうかいろ》は、なかなか冷《ひ》えてくれない。苛立《いらだ》ちとともに、寝返《ねがえ》りをうったその時《とき》、スマートフォンが高輪《たかなわ》からの着信《ちゃくしん》を伝《つた》えてきた。

「どうした、カッちゃん？」

『喜《よろこ》べ、リョータ。マイが退院《たいいん》したぞ』

「……！　そ、そうか、良《よ》かったぁ！」

ずっと案《あん》じていたマイの無事《ぶじ》がわかり、リョータの表情《ひょうじょう》がほころぶ。

「で、あいつ、今《いま》どうしてんの？」

『いや、それがな……その……』

「なんだよ、はっきりしないな？　何《なに》かあったのか……!?」

いやな予感《よかん》を覚《おぼ》えて、リョータが眉《まゆ》をよせると。

ふいに、部屋《へや》の扉《とびら》が乱暴《らんぼう》に開《ひら》かれた。

「へ？」

そこに立《た》っていたのは、三角巾《さんかくきん》で腕《うで》をつるした少女《しょうじょ》だ。

頬《ほほ》や額《ひたい》にも、絆創膏《ばんそうこう》を貼《は》っている。その顔《かお》はよく見知《みし》ったものだった。

「ま、マイ!?　お前《まえ》、何《なん》でこんなところに……」

「話《はなし》、全部《ぜんぶ》、聞《き》いた……」

「へ？」

リョータが目《め》をまたたかせる――暇《ひま》もなかった。
「こんの、バカぁああああ！」
「ぎぷすっ⁉」
マイ渾身《こんしん》のギプス付《つ》きラリアットにより、リョータはその場《ば》にひっくり返《かえ》った。

そのころアカネにも着信《ちゃくしん》があった。

アカネの兄《あに》であるアサヒからだ。彼《かれ》が一時期《いちじき》コンプレックスを抱《いだ》いていた優秀《ゆうしゅう》な陸上選手《りくじょうせんしゅ》でもある。

アカネは少《すこ》し緊張《きんちょう》した声《こえ》で、通話《つうわ》に出《で》た。

「どうしたんですか、兄《にい》さん？」

『いや、今秋田《いまあきた》にいるんだって？　お土産《みやげ》をお願《ねが》いしようかと思《おも》ってね』

「……分《わ》かりました」

アカネはため息《いき》を吐《つ》いて答《こた》えた。

と、アサヒの声《こえ》がいぶかしそうに低《ひく》くなる。

『……ん？　どうしたんだい？　何《なに》か辛《つら》そうだけど』

「……いえ」

『悩《なや》みでもあるんじゃないの。良《よ》かったら、話聞《はなしき》くよ』

人《ひと》の心《こころ》を的確《てきかく》に見抜《みぬ》き、そして嫌《いや》みもなく気遣《きづか》いができる。

本当《ほんとう》にこの人《ひと》には敵《かな》わないと、アカネは苦笑《くしょう》を浮《う》かべた。

少《すこ》し迷《まよ》ったあと、素直《すなお》に抱《かか》えているものをぶちまけた。

「クラスメイト……いえ、友達《ともだち》に……ひどいことを言《い》ってしまって。あいつが、苦《くる》しんでいるとわかっているのに」

『苦《くる》しんでいる……？』

「ええ。とても苦《くる》しいと、思《おも》うんです」

そうだ、そのことは自分《じぶん》もわかっていたはずだ。自分《じぶん》の姉《あね》が敵《てき》に回《まわ》って、迷《まよ》わない弟《おとうと》なんていない。それなのに、自分《じぶん》は厳《きび》しいことを言《い》ってしまった。

シンカリオンのことは秘密《ひみつ》だから、アサヒにはこのことは言《い》えない。だが、その口調《くちょう》で
アカネの気持《きも》ちは大体《だいたい》わかってくれたようだ。

『そっか……アカネはその子《こ》のこと、大事《だいじ》に思《おも》ってるんだね』

「それは……はい」

『だったら隣《となり》で、一緒《いっしょ》に走《はし》ってあげたら？』

「隣《となり》で……？」

『その子《こ》は今《いま》、苦《くる》しみに立《た》ち向《む》かっているんだろ？　誰《だれ》かが隣《となり》にいてくれるだけで、きっと心強《こころづよ》いと思《おも》うよ』

陸上選手《りくじょうせんしゅ》らしいアドバイスを残《のこ》してから、アサヒは電話《でんわ》を切《き》った。

アカネはぼんやりと、スマートフォンを見《み》つめる。

(そうだ、あいつは……タイセイは……僕《ぼく》と兄《にい》さんを向《む》き合《あ》わせてくれた)

兄《あに》から目《め》を背《そむ》け続《つづ》けるアカネに、タイセイはこう言《い》ったのだ。

『いいじゃない、完璧《かんぺき》なお兄《にい》さん。比《くら》べられるかも知《し》れないけど……悔《くや》しい思《おも》いをするかも知《し》れないけど……それでも、すぐ近《ちか》くにいるんでしょ？　話《はなし》ができるんでしょ？　僕《ぼく》は

できないから。目《め》の前《まえ》にさえいてくれたら……色々《いろいろ》と話《はな》したいこともあるのに』
そのことを思《おも》い出《だ》し、アカネは決意《けつい》の表情《ひょうじょう》で拳《こぶし》を握《にぎ》りしめる。
「だから今度《こんど》は、あいつが姉《ねえ》さんと向《む》き合《あ》えるように、僕《ぼく》が隣《となり》で……！」

「いちちち、十分元気《じゅうぶんげんき》じゃん」

宿泊施設備《しゅくはくしせつそな》え付《つ》けの椅子《いす》にすわったリョータが、恨《うら》めしそうにつぶやいた。

マイはベッドに腰掛《こしか》けて、ジトっとした目《め》を向《む》ける。

「高輪先生《たかなわせんせい》から聞《き》いたわ。タイセイくんのこと」

「……いいよ、あいつの話《はなし》は」

「良《よ》くないでしょ!?　こんな時《とき》こそ、あんたが支《ささ》えてあげなきゃ！」

「でも、あいつは……誰《だれ》かを守《まも》るのがシンカリオンの運転士《うんてんし》なのに……あいつは」

リョータはまだ吹《ふ》っ切《き》れていないようだ。ちらちらとマイの怪我《けが》を見《み》ている。

マイはため息《いき》を吐《つ》くと、少《すこ》し改《あらた》まったような声《こえ》でリョータに語《かた》りかけた。

「ねえ、リョータ」

「……んだよ」

「あんたが誰《だれ》にも信《しん》じてもらえなかったことを、すぐに信《しん》じてくれたのは誰《だれ》？」

「それは……」

リョータの記憶《きおく》に、タイセイの声《こえ》が響《ひび》いた。

『その、正直怪物《しょうじきかいぶつ》とか言《い》われてもピンとこないけど……九頭竜《くずりゅう》くんが言《い》ったことだし、僕《ぼく》は信《しん》じる。だって――姉《ねえ》さんのこと、信《しん》じてくれたから』

周《まわ》りが誰《だれ》も信《しん》じてくれなかったアンノウンの存在《そんざい》を、タイセイは信《しん》じてくれた。

そのことを思《おも》い出《だ》し――リョータの胸《むね》に、ズキッ、とした痛《いた》みが走《はし》る。

そんな彼《かれ》に顔《かお》を近《ちか》づけるようにして、マイが優《やさ》しく言葉《ことば》を続《つづ》けた。

「誰《だれ》かを守《まも》るのが使命《しめい》だって言《い》うんなら、今度《こんど》はあんたがそれをやる番《ばん》じゃない？」

「けど……」

「守《まも》ってあげなさいよ、タイセイくんを。あんたを守《まも》ってくれたシンカリオンのように」

リョータは少《すこ》しの間黙《あいだだま》っていたが、やがて不機嫌《ふきげん》そうに肩《かた》をすくめた。

「あーあ、まったくよぉ。人《ひと》が腹《はら》を立《た》ててるってのに、どいつもこいつも……」

「あんた、まだそんなこと……」

「ほんと、いい奴《やつ》ばっかだなぁ！　にゃはは！」

急《きゅう》にカラッと笑《わら》い出《だ》したので、マイが、きょとん、とした。

リョータは彼女《かのじょ》に向《む》き直《なお》り、まじめな顔《かお》で告《つ》げる。

「ありがとな、マイ。俺《おれ》、守《まも》るどころか、大事《だいじ》なもん失《うしな》うとこだったぜ。ずっと自分《じぶん》の気《き》持《も》ちで頭《あたま》がいっぱいだった……今一番《いまいちばん》辛《つら》いのは、あいつなのにな」

ここでやっと。マイも「うん」と微笑《びしょう》を浮《う》かべてうなずいた。

――次《つぎ》の瞬間《しゅんかん》。

「「これは!?」」

とつぜん警報《けいほう》が鳴《な》り響《ひび》き、リョータとアカネは離《はな》れた場所《ばしょ》で同時《どうじ》に叫《さけ》んだ。

「ウソ、でしょ……」

ハイパーステーションの中《なか》で、タイセイはぼうぜんとつぶやいた。

彼《かれ》の目《め》の前《まえ》に、とつぜんアバターが現《あらわ》れたからだ。

それはきょろきょろと周《まわ》りを見回《みまわ》して、のんきそうに言《い》う。

「へぇ～、すごいじゃん。しっかり再現《さいげん》できてるね」

そしてにっこり笑《わら》ってから、そのアバター——長袖《ながそで》のシャツとタイトスカートを身《み》に着《つ》けた知的《ちてき》な顔立《かおだ》ちの女性《じょせい》は、長《なが》い髪《かみ》をひるがえすと、どこか楽《たの》しげな声《こえ》でタイセイに告《つ》げるのだった。

「久《ひさ》しぶりね、タイセイ」

「姉《ねえ》ちゃん！」

大成《おおなり》イナが、そこにいた。


アンノウンは、青森《あおもり》、秋田《あきた》、新潟《にいがた》、滋賀《しが》に現《あらわ》れたものと同《おな》じだった。

どうやら替《か》えの利《き》く量産型《りょうさんがた》らしい。

「頼《たの》むぞ」

高輪《たかなわ》が指令室《しれいしつ》でつぶやく。

大型《おおがた》モニターの向《む》こうでは、E7《イーセブン》かがやきドリルフォームに乗《の》ったリョータと、E6《イーシックス》こまちトップリフターフォームに乗《の》ったアカネが、アンノウンとにらみ合《あ》っていた。

「お前《まえ》らに構《かま》ってるヒマはねぇんだよ！」

「僕《ぼく》には、行《い》かなきゃならない場所《ばしょ》があるんだ！」

そして、二人《ふたり》はそれぞれの武器《ぶき》を構《かま》えると「おおおおお！」と雄叫《おたけ》びをあげてアンノウンへと突進《とっしん》した。


「姉《ねえ》ちゃん！」

タイセイの叫《さけ》び声《ごえ》と同時《どうじ》に、とつぜん彼《かれ》の近《ちか》くに別《べつ》のアバターが出現《しゅつげん》した。

「わ、ビーナ!?」

「イナさぁぁあ――――ん！」

ビーナはイナに向《む》かって一直線《いっちょくせん》に飛《と》ぶと、その胸《むね》に抱《だ》きつく。

イナは微笑《ほほえ》んだ。

「あんたも久《ひさ》しぶりね、ビーナ」

「久《ひさ》しぶりです～。あ、ちょっと聞《き》いて下《くだ》さいよ～。コイツったら、いつまで経《た》ってもウジウジウジウジしててて～！」

「や、やめろよ」

いきなり告《つ》げ口《ぐち》を始《はじ》めるビーナに、タイセイはちょっと顔《かお》を赤《あか》くした。

イナが首《くび》をかしげて、タイセイに尋《たず》ねる。

「そうなの、タイセイ？　ダメじゃない、ビーナに心配《しんぱい》かけちゃ。そういうところ、本当《ほんとう》に変《か》わってないわね」

「……何《なに》を、言《い》ってるんだよ」

タイセイは低《ひく》くつぶやく。そうだ、今《いま》はこんなことを言《い》ってる場合《ばあい》じゃない。

あれだけ捜《さが》し続《つづ》けていた姉《ねえ》ちゃんが、目《め》の前《まえ》にいるんだ！

「心配《しんぱい》してたのはこっちだよ！　父《とう》さんも母《かあ》さんも、そして僕《ぼく》も……ずっと、ずっと捜《さが》してたんだよ！　転校《てんこう》までして、二年間《ねんかん》もずっと！　みんな、どんな思《おも》いで……！」

「………………」

「今《いま》まで、どこにいたの!?　何《なに》してたの!?　それに、どうして…………あんな、黒《くろ》いシンカリオンなんかに……」

タイセイの問《と》いに、イナは答《こた》えない。

ただ、先《さき》ほどの明《あか》るい笑顔《えがお》は消《き》え、どこか冷《つめ》たい表情《ひょうじょう》になっている。

姉《あね》のその姿《すがた》にどこか恐怖《きょうふ》を覚《おぼ》え、タイセイは恐《おそ》る恐《おそ》る尋《たず》ねた。

「なにか、わけがあるんだよね？　アンノウンに無理矢理《むりやり》やらされてるんでしょ……？」

「………………」

「何《なん》で黙《だま》ってるんだよ!?　答《こた》えてよ、姉《ねえ》ちゃん！」

「……タイセイ」

ヒステリックに叫《さけ》ぶタイセイをビーナがなだめた。けんか別《わか》れしていたとはいえ、やはりタイセイのことが心配《しんぱい》だったのだろう。

と、イナは目《め》を細《ほそ》めてつぶやいた。

「わかったわ、教《おし》えてあげる。ついてらっしゃい」

そう言《い》って、タイセイとビーナをともない食堂車《しょくどうしゃ》を出《で》た。

——数分後《すうふんご》、彼《かれ》らはメタバースの中《なか》にある動物園《どうぶつえん》にたどり着《つ》いていた。

「姉《ねえ》ちゃん、これって……」

「覚《おぼ》えてる？　閉鎖《へいさ》された動物園《どうぶつえん》よ」

彼女《かのじょ》が喋《しゃべ》る動物《どうぶつ》を作《つく》ったものの、結局閉鎖《けっきょくへいさ》になったあの動物園《どうぶつえん》だ。

明《あか》るく緑《みどり》や水《みず》にあふれていたその園内《えんない》は、今《いま》は見《み》る影《かげ》もなく、薄暗《うすぐら》くてところどころにデータにノイズが入《はい》った、まさにデジタルの廃墟《はいきょ》と呼《よ》ぶべきものになっていた。

その中《なか》で、放置《ほうち》された動物《どうぶつ》のデータが「オオオォォ……」とうめき声《ごえ》をあげている。

「かわいそう」

ビーナの言葉《ことば》にイナはうなずく。

「ここは、人間《にんげん》たちの身勝手《みがって》で閉鎖《へいさ》されたの。もう二度《にど》とこんな理不尽《りふじん》が起《お》きないようにと、私《わたし》はこの二年間《ねんかん》ずっと準備《じゅんび》してきたわ」

「準備《じゅんび》……？」

「そう。自分一人《じぶんひとり》での準備《じゅんび》を……ＥＲＤＡ《エルダ》にいては未来《みらい》は守《まも》れないから」

冷《つめ》たいそのイナの言葉《ことば》に、タイセイはうろたえる。

「未来《みらい》が守《まも》れないって、どういうこと……？」

「あの人《ひと》たちこそ身勝手《みがって》で冷酷《れいこく》な集団《しゅうだん》ということよ。彼《かれ》らは運転士《うんてんし》を『消耗品《しょうもうひん》』としてしか見《み》ていない。必要《ひつよう》なくなったらポイ。まるで新《あたら》しい部品《ぶひん》と交換《こうかん》するようにね。あんたがどれだけ頑張《がんば》っても……戦《たたか》えなくなったら廃棄《はいき》されるの」

「……！　そんな、ウソだ！」

「ウソじゃない。今《いま》のままじゃ、あんたは、この子《こ》たちと同《おな》じ運命《うんめい》をたどる。人間《にんげん》の都合《つごう》で捨《す》てられた、この動物《どうぶつ》たちと……」

そしてイナは、真《ま》っ直《す》ぐにタイセイを見《み》すえて手《て》をさしのべた。

「目《め》を覚《さ》ましなさいタイセイ。ＥＲＤＡ《エルダ》なんかにいたら、あなたも同《おな》じように扱《あつか》われるわ。そうなる前《まえ》にこっちに来《く》るのよ……私《わたし》のところに」

タイセイは混乱《こんらん》していた。ERDA《エルダ》がそんなひどい組織《そしき》とは思《おも》えない。しかし、姉《あね》の言葉《ことば》だ。自分《じぶん》があこがれてきた姉《あね》の言葉《ことば》だ。間違《まちが》いとも思《おも》えなかった。

ふらっ、と自分《じぶん》の手《て》が、イナの方《ほう》に流《なが》れるのを感《かん》じる。

「タイセイ!?」

ビーナが叫《さけ》んだが、タイセイはゆっくりと、イナの手《て》を取《と》ろうとして——

「そうよ、タイセイ。私《わたし》と一緒《いっしょ》にERDA《エルダ》をぶっ壊《こわ》そう」

「え……壊《こわ》す？」

「ええ。あんたを道具《どうぐ》として扱《あつか》うような奴《やつ》ら、一緒《いっしょ》に壊《こわ》しちゃおう」

そして。

——タイセイは、イナの手《て》をいきおいよく払《はら》った。

「……タイセイ？」

「おかしいよ……」

「そう、ERDA《エルダ》のやってることは、姉《ねえ》ちゃんだ！」

「違《ちが》う！　おかしいのは、姉《ねえ》ちゃんだ！」

タイセイのはっきりとした否定《ひてい》の言葉《ことば》に、イナが目《め》をむいた。

「私《わたし》の何《なに》がおかしいって言《い》うの？」

「姉《ねえ》ちゃんは……どんな苦《くる》しいことがあっても、何《なに》かを守《まも》ろうとするはずだ！　ERDA《エルダ》を『壊《こわ》す』なんて、そんなこと言《い》うわけがない。今《いま》の姉《ねえ》ちゃんは、まるで別人《べつじん》だ！」

「…………」

タイセイの断固《だんこ》たる言葉《ことば》に、イナはしばらくぼうぜんとしていたが、

「……残念《ざんねん》ね。あんたなら、分《わ》かってくれると思《おも》ったのに……」

そう言《い》って、フッ、とメタバースから姿《すがた》を消《け》した。

「姉《ねえ》ちゃん……待《ま》って、姉《ねえ》ちゃん！」

「タイセイ、大丈夫《だいじょうぶ》？」

ビーナが駆《か》け寄《よ》って、宙《ちゅう》に叫《さけ》ぶタイセイを気遣《きづか》った。

タイセイは少《すこ》しの間《あいだ》気《き》を落《お》としていたが、やがて首《くび》を振《ふ》るとビーナに微笑《びしょう》する。

「心配《しんぱい》してくれてありがとう、ビーナ……それから、この前《まえ》はひどいこと言《い》ってごめん」

「ううん、私《わたし》もへそを曲《ま》げすぎてたわ。ごめんね」

珍《めずら》しく素直《すなお》に謝《あやま》ってから、ビーナはふと首《くび》をかしげる。

「ねえ、イナさん、どこに行《い》ったんだろ？」

「わからない。でも、もしかしたら……」

——ＥＲＤＡ《エルダ》をぶっ壊《こわ》そう。

姉《あね》の残《のこ》した言葉《ことば》が、やけにタイセイの耳《みみ》から離《はな》れなかった。


ＥＲＤＡ《エルダ》の指令室《しれいしつ》に、音声通信《おんせいつうしん》が入《はい》ってきた。

発信者《はっしんしゃ》は不明《ふめい》だ。高輪《たかなわ》がマイクをオンにする。

『ファントムより宣戦布告《せんせんふこく》』

冷《つめ》たい女性《じょせい》の声《こえ》に、高輪《たかなわ》は顔《かお》をしかめた。

「その声《こえ》、イナか……!?」

だが、声《こえ》の主《ぬし》はその疑問《ぎもん》には答《こた》えない。淡々《たんたん》と言葉《ことば》をつむいでいく。

『こちらは、ERDA《エルダ》の無条件降伏《むじょうけんこうふく》を求《もと》める。応《おう》じなければ——ERDA《エルダ》への直接攻撃《ちょくせつこうげき》を開始《かいし》する』

「何《なん》だと!?」

いきなりの宣言《せんげん》に、ざわめきに包《つつ》まれる指令室《しれいしつ》。

それらを見透《みす》かしたかのように、黒《くろ》い新幹線《しんかんせん》の中《なか》では、冷《つめ》たい目《め》をしたイナがうっすらと笑《え》みを浮《う》かべていた。

13話《わ》 カッコイイ人《ひと》

「ERDA《エルダ》への直接攻撃《ちょくせつこうげき》……」

イナの宣戦布告《せんせんふこく》を口《くち》の中《なか》でつぶやくと、高輪《たかなわ》は落合《おちあい》を見《み》た。だが首《くび》を横《よこ》に振《ふ》ってくる。

「ダメです、声紋《せいもん》が完全《かんぜん》に一致《いっち》します」

「やはりイナのものか……くそっ」

そこにタイセイが駆《か》けつけた。

姉《あね》の言葉《ことば》が気《き》になった彼《かれ》は、急《いそ》ぎERDA《エルダ》指令室《しれいしつ》へと向《む》かったのだ。

「先生《せんせい》、姉《ねえ》さんが……」

「ああ、今宣戦布告《いませんせんふこく》があった。ERDA《エルダ》を攻撃《こうげき》するってな」

「やっぱり、ERDA《エルダ》を壊《こわ》すってそういう……」

タイセイはつぶやいてから、高輪《たかなわ》に必死《ひっし》に訴《うった》える。

「先生《せんせい》、姉《ねえ》さんはそんなことを言《い》う人《ひと》じゃありません。誰《だれ》かに脅《おど》されてるとか、何《なに》か理由《りゆう》があると思《おも》うんです。僕《ぼく》は、姉《ねえ》さんを助《たす》けたい！」

「俺《おれ》もそう信《しん》じたいが、今《いま》は……」

「お話《はなし》になりませんね」

冷《つめ》たく口《くち》をはさんだのは浜本部長《はまほんぶちょう》だった。

「高輪《たかなわ》くん。もういいでしょう。現時刻《げんじこく》をもって大成《おおなり》イナを明確《めいかく》に脅威《きょうい》と判断《はんだん》。対応《たいおう》を進《すす》めなさい」

「ま、待《ま》ってください！　姉《ねえ》ちゃんはまだ……」

「いいですか、タイセイくん。我々《われわれ》ＥＲＤＡ《エルダ》の目的《もくてき》は、アンノウンを撃退《げきたい》し、平和《へいわ》を守《まも》ることにあります。全国各地《ぜんこくかくち》に出現《しゅつげん》した量産型《りょうさんがた》のアンノウン、これらがイナくんの手引《てび》きであることは明白《めいはく》。これらを止《と》められず、各地《かくち》に未曾有《みぞう》の大被害《だいひがい》が起《お》きた時《とき》、君《きみ》はどう責任《せきにん》を取《と》るつもりなんですか？」

「責任《せきにん》……」

タイセイが口《くち》ごもっていると、ふと指令室《しれいしつ》に再《ふたた》びイナの声《こえ》がひびいた。

『あーテステス。聞《き》こえてます？　あれ？　映像《えいぞう》行《い》ってないか』

少《すこ》し能天気《のうてんき》なその声《こえ》に一同《いちどう》があぜんとしていると、モニターが切《き》り替《か》わってイナの姿《すがた》が映《うつ》し出《だ》された。タイセイと会《あ》った時《とき》の私服《しふく》でなく、運転士《うんてんし》のスーツのようなものをきこんでいる。

「姉《ねえ》ちゃん……！」

『やっほ、先生《せんせい》。本部長《ほんぶちょう》も。岩見沢《ガン》ちゃんも落合《みっ》ちゃんも、久《ひさ》しぶりー。アガノも開発室《かいはつしつ》で見《み》てるかな？』

ほがらかに笑《わら》いながら、イナは手《て》を振《ふ》ってくる。

『せっかく宣戦布告《せんせんふこく》したのに、動《うご》きが何《なに》もないもんですから。もしかして先生《せんせい》が、私《わたし》のことかばってくれたのかな？』

「それは……」

『だとしたらすみませんが、私《わたし》、本気《ほんき》ですよ。なので上《うえ》の鉄博《てっぱく》のお客《きゃく》さんは早《はや》く帰《かえ》してあげてください。無関係《むかんけい》の人《ひと》を巻《ま》き込《こ》むのは忍《しの》びないんで』

「イナ……どうしてだ。お前《まえ》に何《なに》があったんだ？」

高輪《たかなわ》が問《と》いかけるが、イナはそれに答《こた》えず言葉《ことば》を続《つづ》ける。

『ああ、みんなは関係者《かんけいしゃ》だから逃《に》げないでね？　いや、逃《に》げられないか。だって――ERDA《エルダ》は、平和《へいわ》を守《まも》るためなら人《ひと》の命《いのち》なんて何《なん》とも思《おも》わないもんね』

「…………！」

この時《とき》、浜《はま》の顔色《かおいろ》が変《か》わったことに誰《だれ》も気《き》づかなかった。

やがてイナからの通信《つうしん》は切《き》れ、一同《いちどう》は沈黙《ちんもく》に包《つつ》まれる。

それを真《ま》っ先《さき》に破《やぶ》いたのは高輪《たかなわ》だった。

「岩見沢《いわみざわ》……地上《ちじょう》の館内職員《かんないしょくいん》に連絡《れんらく》。客《きゃく》を誘導《ゆうどう》しろ。パニックを起《お》こさせるなよ」

「は、はい！」

「それからリョータとアカネをこちらへ急《いそ》がせろ。ただし、テンとシオンは各本部《かくほんぶ》で待機《たいき》。

いつでも発進《はっしん》できる状態《じょうたい》を維持《いじ》させせるんだ」

その指令《しれい》に、浜《はま》が意外《いがい》そうにたずねる。

「全員《ぜんいん》をここに集《あつ》めないのですか？」

「イナはＥＲＤＡ《エルダ》への攻撃《こうげき》を開始《かいし》すると言《い》いました。万一《まんいち》に備《そな》えて、東海《とうかい》、北海道《ほっかいどう》、それぞれの本部《ほんぶ》にも戦力《せんりょく》を残《のこ》しておくべきです」

「なるほど、よろしい。冷静《れいせい》に判断出来《はんだんでき》ているようですね。しかし肝心《かんじん》なここの守《まも》りは？

九頭竜《くずりゅう》くん、フォールデンくんは間《ま》に合《あ》いますか？」

「僕《ぼく》が行《い》きます」

それまで黙《だま》っていたタイセイが言《い》った。

指令室《しれいしつ》の一同《いちどう》は、驚《おどろ》いたように彼《かれ》を見《み》る。

「しかしタイセイ、お前《まえ》は適性値《てきせいち》が」

「大丈夫《だいじょうぶ》、乗《の》れます。いや、乗《の》らないといけないんです。姉《ねえ》さんは僕《ぼく》が止《と》める！」

「精神論《せいしんろん》ですか？　心《こころ》がけは立派《りっぱ》ですが、現実《げんじつ》には――」

「いえ、タイセイくんの適性値《てきせいち》、回復《かいふく》しています！」

落合《おちあい》がモニターを見《み》つめて叫《さけ》んだ。驚《おどろ》いた浜《はま》だが、すぐに「ふむ」とうなずく。

「わかりました。ただしタイセイくん、止《と》めるのではありません。彼女《かのじょ》は敵《てき》です。確実《かくじつ》に、倒《たお》しなさい」

「…………」

「人命《じんめい》がかかっているということを、忘《わす》れないように」

タイセイはしばらくうつむいていたが、やがて小《ちい》さくうなずくと指令室《しれいしつ》を飛《と》び出《だ》した。

スマートフォンから、ビーナが尋《たず》ねてくる。

「やれるの？　相手《あいて》はイナさんだよ」

「うん——僕《ぼく》が止《と》めなきゃ！」

決意《けつい》を固《かた》めて答《こた》えるタイセイに、ビーナもうなずき返《かえ》した。

キャプチャーウォールが展開《てんかい》し、黒《くろ》い新幹線《しんかんせん》を包《つつ》み込《こ》んだ。

イナは動《どう》じず運転席《うんてんせき》の中《なか》でじっと待《ま》つ。

やがて、小《ちい》さく声《こえ》をあげた。

「……やっぱり来《き》たか」

緑色《みどりいろ》の新幹線《しんかんせん》――E5系《イーごけい》はやぶさが、壁《かべ》を突《つ》き破《やぶ》って突進《とっしん》してきた。

「チェンジ、シンカリオン！」

中《なか》にいるタイセイの声《こえ》とともに、新幹線《しんかんせん》は巨大《きょだい》ロボットに変形《へんけい》。射出《しゃしゅつ》されたエルダトレーラーとも合体《がったい》し、キャプチャーウォールの中《なか》に降《お》り立《た》つ。

『シンカリオン E5《イーファイブ》はやぶさトレーラーフォーム』

「なら、こっちも……チェンジ、シンカリオン！」

イナの声《こえ》もひびきわたり、ファントムシンカリオンを変形《へんけい》させた。

禍々《まがまが》しい漆黒《しっこく》の人型《ひとがた》ロボットが、E5《イーファイブ》はやぶさと向《む》かい合《あ》った。

『ファントムシンカリオン』

電子音声《でんしおんせい》がとどろくとともに、ファントムシンカリオンは片手《かたて》をあげる。いつの間《ま》にか、その拳《こぶし》には剣《けん》がにぎられていた。

それをキャプチャーウォールの床《ゆか》に刺《さ》すと、周《まわ》りから大量《たいりょう》のアンノウンが出現《しゅつげん》した！

「えええっ！」

タイセイがＥ５《イーファイブ》の運転席《うんてんせき》の中《なか》で声《こえ》を上《あ》げる。アンノウンは一体《いったい》や二体《たい》ではない、二十《にじゅう》を超《こ》える数《かず》があったのだ。

イナは運転席《うんてんせき》の中《なか》で微笑《ほほえ》んだ。

「さてと、どうするタイセイ？」


「どうするのよ、タイセイ！」

「どうするって言《い》われても……」

ビーナの声《こえ》にタイセイがぼうぜんとつぶやいていると、高輪《たかなわ》の声《こえ》がひびいた。

『タイセイ、動《うご》け！　囲《かこ》まれるぞ！』

「は、はい」

『こちらからもシリンダーでフォローをする。うまく使《つか》え！』

同時《どうじ》に、床《ゆか》から複数《ふくすう》のシリンダーがせり上《あ》がり、Ｅ５《イーファイブ》の姿《すがた》を隠《かく》した。

アンノウンたちは一瞬《いっしゅん》とまどう。その機《き》をタイセイは逃《のが》さなかった。

「うおおおおおっ！」

シリンダーの陰《かげ》から現《あらわ》れ、リクソウセイバーでアンノウンの一体《いったい》を撃破《げきは》。すぐに違《ちが》うシリンダーに潜《ひそ》むと、アンノウンから姿《すがた》を隠《かく》す。

これをくり返《かえ》し、またたく間《ま》に五体《たい》ほどのアンノウンを倒《たお》した。

「やるじゃない、タイセイ！　この調子《ちょうし》なら……あ」

ビーナの喜《よろこ》びの声《こえ》は途中《とちゅう》でとぎれた。

再《ふた》びファントムシンカリオンが剣《けん》をかかげ、アンノウンが出《で》てきたからである。

「これじゃきりがない～！　やっぱりあのシンカリオンを止《と》めないと！」

「うん……岩見沢《いわみざわ》さん、持《も》ち上《あ》げてください！」

『……わかった！』

タイセイの意図《いと》をくみ取《と》った岩見沢《いわみざわ》が、再《ふた》びシリンダーを操作《そうさ》する。

抜群《ばつぐん》のタイミングでE5《イーファイブ》が乗《の》った床《ゆか》がせり上《あ》がり、タイセイは高《たか》い場所《ばしょ》まで持《も》ち上《あ》がった。アンノウンの向《む》こう側《がわ》、ファントムシンカリオンをここからなら狙《ねら》える！

「リクソウセイバー！」
床《ゆか》から跳躍一番《ちょうやくいちばん》、ファントムシンカリオンめがけてダイブした。
振《ふ》り下《お》ろした斬撃《ざんげき》が、その肩《かた》をとらえ――
『タイセイ……』
幼《おさな》いころの、姉《あね》の優《やさ》しい顔《かお》と声《こえ》がよみがえった。
タイセイは思《おも》わず、攻撃《こうげき》を止《と》めてしまう。
すかさずファントムシンカリオンが拳《こぶし》をたたき付《つ》け、E5《イーファイブ》は吹《ふ》き飛《と》ばされた。
「ぐあっ！」
『何《なに》をしてるんです！　倒《たお》せと言《い》ったはずですよ！』
『タイセイ逃《に》げろ、アンノウンが近《ちか》づいている！』
浜《はま》と高輪《たかなわ》の声《こえ》に、タイセイははっと目《め》を見開《みひら》く。
大量《たいりょう》のアンノウンが、E5《イーファイブ》めがけ跳躍《ちょうやく》した。
タイセイは避《よ》けようとしたが、間《ま》に合《あ》わない！
そして――アンノウンたちは飛《と》び込《こ》んだ二《ふた》つの影《かげ》に弾《はじ》き飛《と》ばされた。

『間《ま》に合《あ》った！』

聞《き》こえたのは、指令室《しれいしつ》の少女《しょうじょ》の声《こえ》だ。マイのものだとすぐにわかる。

なら、この二《ふた》つの影《かげ》は？

「すみません、遅《おく》れました」

「にゃはは。ま、ぎりぎりセーフってやつだろ～」

「リョータ、アカネ……！」

E5《イーファイブ》をかばうように立《た》つE7《イーセブン》とE6《イーシックス》は、同時《どうじ》にうなずき合《あ》うと近《ちか》くにいるアンノウンをすべて蹴散《けち》らした。

E7《イーセブン》とE6《イーシックス》はE5《イーファイブ》に近寄《ちかよ》ると、肩《かた》を貸《か》して立《た》ち上《あ》がらせた。

リョータはきまり悪《わる》そうにそっぽを向《む》きながら、口《くち》を開《ひら》く。

「えっとな、タイセイ。あー……」

何《なに》か言《い》おうと必死《ひっし》に悩《なや》んでいる。アカネも同様《どうよう》だった。

タイセイも、二人《ふたり》に対《たい》して何《なに》か言《い》いたいのだが、言葉《ことば》が出《で》てこない。

気《き》まずさともどかしさをミックスした微妙《びみょう》な空気《くうき》が、三人《にん》を取《と》り巻《ま》いていた。

それをぶち破《やぶ》ったのは、うるさいナビの声《こえ》だった。

「あーもー鬱陶《うっとう》しいなあ！　うじうじしてる場合《ばあい》!?　空気読《くうきよ》みなさいよ！」

「び、ビーナ……」

「状況分《じょうきょうわ》かってんでしょうね、周《まわ》り見《み》なさいよ！　敵《てき》はまだまだ残《のこ》ってるのよ！　あたしまだ五歳《さい》にもなってないのに、やだからねこんなとこで死《し》ぬの！　責任取《せきにんと》れるわけ!?」

その言葉《ことば》に、三人《にん》はぷっとふきだす。リョータが笑《わら》いながら両手《りょうて》を合《あ》わせた。

「おっしゃるとーり！　タイセイ、悪《わり》ぃ。いや、本当《ほんとう》に悪《わる》かった。つい、かっとなった！」

「僕《ぼく》もだ、すまなかった。君《きみ》の気持《きも》ちを考《かんが》えていなかった」

「……ううん。僕《ぼく》の方《ほう》こそ、ごめん」

やっとわだかまりが解《と》けて、うなずきあう三人《にん》。

そこへアンノウンたちが再《ふたた》び現《あらわ》れ、三体《たい》のシンカリオンを包囲《ほうい》した。

「……来《く》るか」

「……おいおいおいおい。こんなに多《おお》かったのかよ」

「リョータ、アカネ。敵《てき》は多《おお》いよ。それでもいける？」

落《お》ち着《つ》いた声《こえ》で、タイセイがたずねる。

二人《ふたり》は同時《どうじ》にニヤリと笑《わら》った。

「いくしかないだろ。状況的《じょうきょうてき》に！」

「誰《だれ》に言《い》ってるんだい？」

不思議《ふしぎ》だ、とタイセイは思《おも》った。さっきまで感《かん》じていた不安《ふあん》と恐怖《きょうふ》が、その声《こえ》を聞《き》くだけであとかたもなく消《き》えていく。

「よし、行《い》こう！」

そして、三人《にん》の反撃《はんげき》が始《はじ》まった。

Ｅ５《イーファイブ》は盾《たて》と剣《けん》を操《あやつ》り、一体《いったい》ずつ確実《かくじつ》にアンノウンを撃破《げきは》する。

Ｅ７《イーセブン》はドリルをかまえて突進《とっしん》し、複数《ふくすう》をまとめて豪快《ごうかい》になぎ倒《たお》す。

Ｅ６《イーシックス》はあざやかな身《み》のこなしで、銃《じゅう》を操《あやつ》り瞬《またた》く間《ま》に破壊《はかい》していく。

作戦《さくせん》など立《た》てていない、三者三様《さんしゃさんよう》の個性的《こせいてき》な攻撃《こうげき》。それなのに不思議《ふしぎ》と彼《かれ》らの呼吸《こきゅう》はあっていた。

その攻撃《こうげき》に圧倒《あっとう》され、ついにアンノウンはすべて壊《こわ》されてしまう。

「くっ、タイセイ……」

声《こえ》が聞《き》こえた。姉《あね》の憎々《にくにく》しげな声《こえ》が。

タイセイは真《ま》っ直《す》ぐファントムシンカリオンを見《み》すえ、そして決意《けつい》した。

「リョータ、アカネ、手伝《てつだ》って！　あれは姉《ねえ》ちゃんだけど……姉《ねえ》ちゃんじゃない。僕《ぼく》が止《と》める。止《と》めなきゃいけないんだ！」

「お、おう……何《なん》かよくわからねぇが、わかったぜ！」

「具体的《ぐたいてき》には？」

「ファントムシンカリオンは止《と》める。だけど、姉《ねえ》ちゃんも助《たす》けなきゃいけない。捕《つか》まえて、無力化《むりょくか》する！」

「「任《まか》せろ！」」

そして、三体《たい》はファントムシンカリオンを捕獲《ほかく》するために駆《か》け回《まわ》った。

何《なに》しろ相手《あいて》はただでさえ強敵《きょうてき》だ。それを捕《つか》まえようというのだから、ハードルもさらに上《あ》がることになる。

Ｅ７《イーセブン》のドリルは受《う》け止《と》められ、Ｅ６《イーシックス》の銃撃《じゅうげき》はかわされ、Ｅ５《イーファイブ》の剣《けん》が空《くう》を切《き》る。

それでも、三人《にん》はあきらめることはなかった。

（待《ま》ってて姉《ねえ》ちゃん、必《かなら》ず――！）

タイセイは心《こころ》の中《なか》で叫《さけ》ぶと、ファントムシンカリオンめがけて再《ふたた》びダッシュをかけた。

「捕《つか》まえるですって⁉　勝手《かって》な判断《はんだん》をするんじゃない、全力《ぜんりょく》で倒《たお》しなさい！　人命《じんめい》がかかっていると言《い》ったでしょう！」

浜《はま》が怒鳴《どな》り声《ごえ》をマイクにぶちまけた。

だが通信先《つうしんさき》のシンカリオンの運転士《うんてんし》三人《にん》は、まるで聞《き》こえなかったかのようにファントムシンカリオンを捕《つか》まえることに専念《せんねん》している。

浜《はま》は歯《は》がみをすると、吐《は》き捨《す》てるように言《い》った。

「子《こ》どもが……ことの重大《じゅうだい》さがわかっていない……！」

「ですが、戦《たたか》ってるのはその子《こ》どもたちです」

高輪《たかなわ》の言葉《ことば》に、浜《はま》は少《すこ》しだけ冷静《れいせい》さを取《と》り戻《もど》したようだった。

やがて指令室《しれいしつ》に備《そな》えつけてあるコンピュータを操作《そうさ》し始《はじ》める。

「……本部長《ほんぶちょう》？」

「グランクロスのロックを解除《かいじょ》します」

「なっ！　あれは運転士《うんてんし》と機体《きたい》への負担《ふたん》が大《おお》きすぎます！　使《つか》えばただでは――」

「我々《われわれ》は大人《おとな》です。子《こ》どもの尻拭《しりぬぐ》いが仕事《しごと》でしょう！」

浜《はま》の叫《さけ》びに高輪《たかなわ》は何《なに》も言《い》い返《かえ》せない。

この本部長《ほんぶちょう》が何《なに》を思《おも》って今《いま》の言葉《ことば》を発《はっ》したのか、わからなかった。


イナは、運転席《うんてんせき》に立《た》ちながら、小《こ》うるさく何度《なんど》もこちらに向《む》かってくるシンカリオンたちを見《み》つめた。

彼《かれ》らのねらいは明《あき》らかだ。自分《じぶん》を捕獲《ほかく》でもしようと言《い》うのだろう。それをあしらうのは、さほど難《むずか》しいことでもない。このファントムシンカリオンの力《ちから》をもってすれば。

だが――イナはだんだんとイライラしてきた。

そのしつこさに。そして何《なに》より、タイセイの態度《たいど》に。

「タイセイ、忘《わす》れたの？」

ファントムシンカリオンからＥ５《イーファイブ》に語《かた》りかける。三体《たい》の動《うご》きが止《と》まった。

攻撃《こうげき》のチャンスだが、イナはあえて喋《しゃべ》ることを選《えら》んだ。

「いつだったか教《おし》えたでしょ？　味方《みかた》は誰《だれ》もいない。自分《じぶん》ひとりぼっち。それでも、世界《せかい》中《じゅう》に自分《じぶん》一人《ひとり》でも立《た》ち上《あ》がりなさいって。そのほうが、カッコイイからって」

「……覚《おぼ》えてるよ」

「なのに、ぞろぞろと友達《ともだち》を連《つ》れて……私《わたし》の言《い》ったこと、何《なに》も伝《つた》わってなかったの？」

それが一番腹立《いちばんはらだ》たしいのだと彼女《かのじょ》は思《おも》った。

自分《じぶん》の思《おも》いが、タイセイに、大事《だいじ》な弟《おとうと》に届《とど》いていないことに――自分《じぶん》の思《おも》い通《どお》りに、なってくれない弟《おとうと》が。

（あれ……）

ふと、目《め》を見開《みひら》く。自分《じぶん》は、そんなことを、望《のぞ》んでいたっけ……？

頭《あたま》の中《なか》にノイズが走《はし》る。頭《あたま》を振《ふ》ってよくわからない不安《ふあん》を打《う》ち消《け》し、イナはタイセイの返事《へんじ》を待《ま》った。

やがて、それは来《き》た。

「伝《つた》わってるよ」

タイセイはつぶやく。淡々《たんたん》と、そしてなつかしそうに。

「わかってる。そう言《い》った時《とき》の姉《ねえ》ちゃんはカッコよかった。でも僕《ぼく》は、姉《ねえ》ちゃんみたいにはなれないよ」

「そう、やっぱりあんたじゃ無理《むり》か……」

「だけど」

失望《しつぼう》の思《おも》いを、タイセイがぬりつぶした。

強《つよ》く、はっきりとした声《こえ》で。

「僕《ぼく》は、立《た》つよ。一人《ひとり》じゃ立《た》てないけど、仲間《なかま》が……リョータとアカネが助《たす》けてくれるから、僕《ぼく》は立《た》ち上《あ》がれるんだ！」

「タイセイ……」

イナの、そしてリョータとアカネの声《こえ》が重《かさ》なった。

そこにいるタイセイは、いつもの気弱《きよわ》な彼《かれ》ではなかった。

りんとした声《こえ》で、言葉《ことば》を続《つづ》ける。

「それにそもそも、ERDA《エルダ》を壊《こわ》そうとする今《いま》の姉《ねえ》ちゃんは――カッコ悪《わる》いよ！」

「…………！」

イナの目《め》が、驚《おどろ》きに見開《みひら》かれた。

次《つぎ》の瞬間《しゅんかん》、E5《イーファイブ》が突《つ》っ込《こ》んでくる。イナは剣《けん》を突《つ》き出《だ》したが、それを同《おな》じく剣《けん》で受《う》け止《と》めると、全力《ぜんりょく》のパンチを繰《く》り出《だ》してきた。

「ぐうっ!?」

体勢《たいせい》を立《た》て直《なお》したところで、E7《イーセブン》とE6《イーシックス》が攻撃《こうげき》を仕掛《しか》けてくる。

E7《イーセブン》はドリルを地面《じめん》に突《つ》き刺《さ》すと、それを回転《かいてん》させることでコマのように自分《じぶん》の体《からだ》を回《まわ》した。のばした足《あし》が強烈《きょうれつ》なキックとなってファントムシンカリオンを襲《おそ》う。

そこに、足《あし》に備《そな》え付《つ》けた車輪《しゃりん》でダッシュしてきたE6《イーシックス》が、勢《いきお》いはそのまま腕《うで》を真《ま》っ直《す》ぐ前《まえ》に構《かま》えた。ファントムシンカリオンの脇腹《わきばら》を、正拳突《せいけんづ》きが突《つ》き刺《さ》してよぎる。

「がぁっ、この……邪魔《じゃま》しないで!」

イナが叫《さけ》ぶと、ファントムシンカリオンは突然剣《とつぜんけん》を変形《へんけい》させた。それは巨大《きょだい》な銃《じゅう》となり、E7《イーセブン》とE6《イーシックス》に大量《たいりょう》の弾丸《だんがん》をあびせる。

「「うわあああああ!」」

「リョータ、アカネ!」

三人《にん》の叫《さけ》びがキャプチャーウォールにこだました。


タイセイはあせった。ファントムシンカリオンは強《つよ》すぎる。手加減《てかげん》した攻撃《こうげき》では無力化《むりょくか》も難《むずか》しい。全力《ぜんりょく》で倒《たお》すつもりでいかないと。

だが、ここまでくると、リクソウセイバーでもファントムシンカリオンを倒《たお》せるかどうか──悩《なや》んでいると、浜《はま》から通信《つうしん》が入《はい》った。

『タイセイくん、グランクロスを使《つか》いなさい』

「グランクロス?」

『胸部《きょうぶ》ユニットのエネルギー砲《ほう》です。これならファントムシンカリオンも倒《たお》せるはず』

だが、高輪《たかなわ》の声《こえ》が割《わ》り込《こ》んでくる。

『やめろ、タイセイ！　グランクロスは機体《きたい》だけでなく、運転士《うんてんし》の体《からだ》にも大《おお》きな負担《ふたん》をかける！　戦闘《せんとう》で疲労《ひろう》しているお前《まえ》が撃《う》つのは危険《きけん》だ！』

その言葉《ことば》に、自分《じぶん》の体《からだ》を心配《しんぱい》してタイセイは一瞬《いっしゅん》ためらった。

――けれど、一瞬《いっしゅん》だけだった。

ファントムシンカリオンを倒《たお》せるのは、おそらくこれしかない！

「グラン……クロス！」

叫《さけ》び声《ごえ》とともに、運転席《うんてんせき》のレバーを力《ちから》いっぱい押《お》し込《こ》む。

E5《イーファイブ》の胸部《きょうぶ》が展開《てんかい》し、中《なか》から強烈《きょうれつ》な光《ひかり》が放《はな》たれ、ファントムシンカリオンをつつんだ。

「くっ!?」

イナはうめいたが、グランクロスのエネルギーがファントムシンカリオンを離《はな》さない。

傷《きず》ひとつつかなかった黒《くろ》い装甲《そうこう》が、じわじわと破壊《はかい》されていく。

「うわあああああああ！」

タイセイの雄叫《おたけ》びが重《かさ》なり、エネルギーがさらに破壊力《はかいりょく》を増《ま》していった。

ファントムシンカリオンはもはや動《うご》くこともままならず、その腕《うで》から、足《あし》から、関節《かんせつ》から、煙《けむり》を噴《ふ》き上《あ》げていく。

やがてイナは、あきらめたように目《め》を閉《と》じるとつぶやいた。

「なにさ、私《わたし》に言《い》い返《かえ》したことなんかなかったくせに……」

だが、その声《こえ》は不思議《ふしぎ》と嬉《うれ》しそうで――

そして、キャプチャーウォールの中《なか》は、まばゆい光《ひかり》で満《み》たされていった。


グランクロスに焼《や》き尽《つ》くされたファントムシンカリオンは、その場《ば》に膝《ひざ》をついた。

運転席《うんてんせき》から、人影《ひとかげ》が弾《はじ》き出《だ》される。

タイセイたちは自分《じぶん》たちもシンカリオンを降《お》り、その人影《ひとかげ》に駆《か》け寄《よ》った。

「姉《ねえ》ちゃん、姉《ねえ》ちゃん！」

「ん、タイセイ……？」

タイセイにゆさぶられたイナは、ゆっくりと目《め》を覚《さ》ます。

周囲《しゅうい》を見渡《みわた》し、あぜんとしたようにつぶやいた。

「なんで、あんたが……？　ていうか、ここどこ？」

「え、覚《おぼ》えてないの？」

「……何《なに》を？」

弟《おとうと》の言葉《ことば》に、目《め》をしばたたかせる。

演技《えんぎ》などではなさそうだ。今《いま》までの行動《こうどう》も何者《なにもの》かに操《あやつ》られてのことだろうか。

――ＥＲＤＡ《エルダ》をぶっ壊《こわ》そう。

（やっぱり、あれは姉《ねえ》ちゃんの意志《いし》じゃなかったんだ……）

安心《あんしん》したあまり、タイセイの目《め》には涙《なみだ》があふれた。

イナは、ぎょっ、とした顔《かお》つきで弟《おとうと》の手《て》をにぎった。

「ちょっと、タイセイどうしたの。何《なん》で泣《な》くのよ？」

「……ううん、何《なん》でもない。大丈夫《だいじょうぶ》だから」

タイセイはその手《て》を握《にぎ》り返《かえ》して、笑《わら》い返《かえ》す。

「良《よ》かった。本当《ほんとう》、に……」

と、その言葉《ことば》の途中《とちゅう》で、力《ちから》つきたかのように倒《たお》れた。

リョータとアカネがあわててその体《からだ》を支《ささ》える。

「タイセイ!?」「大丈夫《だいじょうぶ》か！」

だが、タイセイは眠《ねむ》っているだけだった。グランクロスの使用《しよう》で体力《たいりょく》を消耗《しょうもう》したのだろう。二人《ふたり》はほっと息《いき》を吐《は》く。

イナは、未《いま》だにすべてが理解《りかい》できないようで、ぼうっと座《すわ》ったままだった。

しかし、タイセイの浮《う》かべる満《み》ち足《た》りた表情《ひょうじょう》から、自分《じぶん》の弟《おとうと》が全力《ぜんりょく》で何《なに》かをなしとげたことは理解《りかい》したのだろう。優《やさ》しい笑《え》みを浮《う》かべ、その頭《あたま》をくしゃっとなでてやる。

「……おつかれさま、タイセイ」


「良《よ》かったぁ」

指令室《しれいしつ》でマイがほっと息《いき》を吐《は》いた。

高輪《たかなわ》も指令員《しれいいん》にシンカリオン回収《かいしゅう》の指示《しじ》を出《だ》しつつ、笑顔《えがお》を見《み》せている。

ただ一人《ひとり》、浜《はま》だけが考《かんが》え込《こ》む顔《かお》つきにあった。

「大成《おおなり》イナ……本当《ほんとう》に彼女《かのじょ》は操《あやつ》られていたのでしょうか。もしそうなら、誰《だれ》が……」

だが室内《しつない》は指令員《しれいいん》たちの出《だ》す喜《よろこ》びの声《こえ》に満《み》ちていて、そのつぶやきが高輪《たかなわ》たちの耳《みみ》に届《とど》くことはなかった。

タイセイたちが、イナとの戦《たたか》いを終《お》えた数日後《すうじつご》。

大宮進開学園《おおみやしんかいがくえん》では予定《よてい》されていた体育祭《たいいくさい》が開《ひら》かれていた。

「位置《いち》について、よーい」

パン、という空砲《くうほう》とともに、タイセイ、リョータ、アカネは足《あし》を動《うご》かす。

三人《にん》四脚《きゃく》リレー。この学校《がっこう》の目玉《めだま》とも言《い》うべき競技《きょうぎ》で、三人《にん》はトップに躍《おど》り出《で》ていた。

「やった、練習《れんしゅう》の成果《せいか》が、あったね」

「当然《とうぜん》！　俺《おれ》たちの、チームワークにかかれば、こんなもんだって！」

「二人《ふたり》とも、しゃべるな。集中《しゅうちゅう》しろ」

などと軽口《かるくち》をたたき合《あ》いながら、順調《じゅんちょう》に歩《ほ》をすすめていく。2—A《エー》のギャラリーたちも、いっせいに応援《おうえん》の声《こえ》をあげていた。

その中《なか》に、ひときわ目立《めだ》つ少女《しょうじょ》の声《こえ》があった。

「わ、先頭《せんとう》じゃん！　頑張《がんば》れ、三人《にん》とも！」

まだギプスの残《のこ》っているマイだ。体中《からだじゅう》に絆創膏《ばんそうこう》も残《のこ》っている。

リョータがそれを見《み》て、目《め》を大《おお》きくひんむいた。

「なっ！　あいつ、病院《びょういん》行《い》ってたんじゃ——」

同時《どうじ》に、動揺《どうよう》が伝《つた》わったのか足《あし》がもつれ、タイセイとアカネを巻《ま》き込《こ》んで転《ころ》ぶ。

「わっ？」「おおっ？」「くっ？」。それぞれ悲鳴《ひめい》を上《あ》げる中《なか》、三人《にん》はからまったようにもつれあい、その横《よこ》を他《ほか》の選手《せんしゅ》たちが素通《すどお》りしていった。

「なにをやってるんだ君《きみ》は！　走《はし》ってる時《とき》によそ見《み》する馬鹿《ばか》がどこにいる！」